Sunagoya Shobo

清水 茂詩集

Shimizu Shigeru

16

【砂子屋書房版】
現代詩人文庫

清水　茂詩集＊目次

自撰詩集

初期詩篇（一九四九年〜一九五二年）
海と空　12
夜明けの眺望　12
風が吹くたびに　13
灯　14
優しいささげ物　14
夕暮れ　15
夕　影　15
薄明の繁みのなかの　16
星と若葉　16

詩集『光と風のうた』（一九六五年）抄
母　性　17
詩　人　18
晩　夏　19
遠い音　20
鐘の音　20

詩集『影の夢』（一九九三年）抄
桃の実　21
白い道　22
雨の日に　22
何　故　24
泉に近づく　24
夕闇のなかでのように　25

詩集『冬の霧』（一九九八年）抄
ちいさな一羽の鳥　26
動いている大きな手　26
女の顔が　27

詩集『光の眠りのなかで』（二〇〇〇年）抄
微かなもの　28
夢　29
詩集『愛と名づけるもの』（二〇〇二年）抄
なぜ私たちは　30
モーツァルトのある音楽に　31
夕暮れの空の薔薇　33
ただひとつのものとして　34
詩集『昨日の雲』（二〇〇四年）抄
ウィリアム・バードのある歌に　35
雪の日の想い　36
小さな話　37
老いた顔　38
雪の朝　38
詩集『新しい朝の潮騒』（二〇〇七年）抄
霧　雨　40
晩秋の日　41
幼い頃に　41
数の外に　42
誰かが歩いている　43
まだ一つだけ　44
詩集『水底の寂かさ』（二〇〇八年）抄
驟雨のあとの　46
祈　り　47
夕暮れに　48
塔の影　49
昨日降った雨の　50
詩集『砂の上の文字』（二〇一一年）抄
雨の音　51
夕暮れ、秋の深まり……　52
ときどき、私は想う　53

一茎の花 54
旅立ち 55

詩集『赤い漿果』（二〇一二年）抄
影絵の枝間から 56
ささやきの声が 57
春の気配 57
破 船 57
遠 雷 58
水辺で 59
ほどなくまた 60

幼い者のための七つの詩篇【歌曲のための】
Ⅰ 空が明るみ 61
Ⅱ 光の息 62
Ⅲ おまえの歌、おまえのことば 62
Ⅳ 明るい雲、やわらかい風 63
Ⅴ 希望とは 64
Ⅵ 夕靄のなかに 64
Ⅶ いつまでも 65

詩集『暮れなずむ頃』（二〇一三年）抄
詩 66
利 鎌 67
子どものときの 67
夜が砕けて 68
窓の外は暗く 69
どんな葡萄酒を 70
在ること 71
過ぎ去るもの 71
いつ果てるとも知れぬ 72
漢江と臨津江の合流点に立って 73
冬の日に 74
シェイクスピアに寄せて 75
小さな白い花 76

詩集『夕暮れの虹』（二〇一五年）抄
遠いひびき 77
不思議にやさしく 78
無数の滴が 78
聞えるか聞えないかの 79
春の夕暮れ 80
夕暮れの虹 80
ホタルブクロ 81
詩集『一面の静寂』（二〇一七年）抄
すべてはそんなふうだ 82
淡い陽射し、弱い雨 83
一面の静寂 84
僅かなことばの他に 85
花　梨 85
詩を読む声 87
もう一度訪ねてみたいところ 88
一瞬　裂け目が 89
林のなかで 90
哀悼詩　Y・Bに 92
未収録詩篇（二〇一八年）
藤も山査子も 96
オーヴェールの妖精 97
天使のことば 98
鞦　韆 99
私のものではない言葉を 100
なお慈しみを…… 101
二〇一八年　夏の終りに 102
詩論・エッセイ
山深い岩間の水は——詩についての断想 106
限りなく微小なるもの 119

詩人論

清水茂詩人の詩世界
存在と時間――「有限性」を超える肯定と希望の詩学　権　宅明　128

清水茂年譜　141

清水　茂詩集

自撰詩集

初期詩篇（一九四九年～一九五二年）

海と空

五月の朝の
こんなにも深い海、
その碧い波の
遠いむこうの涯に
一すじの銀いろが　孤独に
静かに横たわっている。

そのきらめきが
眠っているのではないが
朧げな　空の全体に
澄み透った反映を撒くと
それは愛に触れて
菫いろにひかって流れる。

夜明けの眺望

錆いろの大地の上に
五月の歩みがもどって来て
生垣に薔薇が咲いた。その花の
淡紅いろの翳りのなかで
私は目醒める。

花びらの幾つかが
明け方の夢の名残りに
語りかけると、そのために
よわよわしい最初の光が
霧のなかでおどろいて
きらめき　羽ばたく。

遠くで　寺の鐘が鳴る。
その鐘の音にはこばれて

畑の麦の　熟れる匂いが
この庭の大気にまでまじり
繁みの花に挨拶する。

野に急ぐ農夫たちが
もうすぐ村の辻を通るだろう。
しだいに明るむ空に霧が霽れ
彼らの上で
雲の薔薇が咲くだろう。

風が吹くたびに

庭隅の苔の上で
白い花をつけた古いばらの樹が
蔭のレースを編んでいる。
枝々を洩れて落ちた幾すじもの光が
その網目にとらえられ
ため息をつく。

風が吹くたびに　網目がゆれ
ときどき　光が
苔のひろがりのいちばん端の
ばらの樹の根もとまで
とどくかと見えながら
また遠退いてゆく。

そして　風が吹くたびに
ときどき　白い花びらが
光のため息をよぎって
散りこぼれ　庭隅の苔の上で
レースに花かざりをつける。

灯

眠っているきみの家の上で
今夜は　空が迷いに似て暗いが
きみの心のいちばん奥では
ひそかな愛が夢み心地に灯をともす。
見よ！　沈黙が星々をかき消している時刻に
疲れた旅人たちが　遠方から
きみの窓辺に訪れて　黙って立ち
窓ごしにきみのあかりに挨拶する。
すると　きみの心は驚いて目醒める、
きみの親しい環のなかに
幾つものかすかな足音がひびくために。

優しいささげ物

雨あがりの白い夜明けに
春の兆しの
桜草のうすくれないが
匂っている……

病む子を抱く母にも似て
おだやかな
光のまなざしは
そのために砕かれた心に
そっと合図する。すると
ふいに　燃えている土のなかから、
そんなにも冷たかった冬の掌に
優しいささげ物をかえすために、
心は　自分を一つの花輪に編む……

夕暮れ

夕映えの最後の空が
幾つかのかがやきを灯すと
その淡いあかりのあいだを
渡り鳥たちの群が過ぎる。
その羽撃きの歌の傍らで、星々は
魂の奥の顫えるきらめきのようだ。
そんな風光のなかで
人は感じる、――おもむろに
仕事の疲れの上に
やすらぎが身をかがめるのを。

夕　影

橙色や淡黄色が
森の縁をいろどっていた。
長いいのちの旅の果て、
夕映えのかがやく空に
消えてゆく雲の波立ちが
梢の上を流れて過ぎた。

遥かな空の　深みの奥に
溶けてゆくあの雲の
燃えている帆の中心に
ふいに一つの歌声が
森のなかから立ちのぼり
こだまとなってひびいた。

傷ついた日々の心の
さまざまないろどりが
暮れてゆく枝々の葉に
映っている夕べだった。

薄明の繁みのなかの

薄明の繁みのなかの
白いばら、風が吹くたびに
かすかな光と深い翳とのあいだを
よろこびと不安とのあいだを
死の予感と生命の慰めとのあいだを
揺れている白いばら。

雨のなかで重い憂いに沈み
そのあとの爽やかな大気のなかで
露の虹いろの宝石をきらめかせ
脆い日々のなかで
大地の消息をつたえる白いばら、
みどりの葉叢の海のなかで
白い帆であるばらの花。

星と若葉

伸び出たばかりの
すずかけの若葉が
五月の夕べの風に揺れる。
そのゆらぎのたびごとに
枝々のあいだで
一つの星のまなざしが
きんいろに
見ひらいたり
閉じたりしている。

昼間の疲れに身を委ね
すずかけの若葉が
まどろむ時刻に
ちょうど
星は目醒めたばかりで

まだ　夢のなごりが
すっかりは消えないために
夢と現実《うつつ》とのあわいを
流れる微風のなかで
星と若葉とがすれ違って
たがいに挨拶を交している。

詩集『光と風のうた』（一九六五年）抄

母性

はや秋めいておぼろな夜あけに
ひとり　母は目醒め
遠く離れた子供たちのことを想う。

窓をとおして風は流れ
まだ消え残っている白い星々の下で
母は　そのとき
窓にかすかなひびきをきいた。
遠いふるさとのつぶやき
ひそやかな秋のなかで
きんいろにきらめきながら立っている
一本の木のまわりに
舞っている子供たちの

その姿にも似た光の落葉が
ほのかに白みがかった空をよぎって
いま追憶の窓を
音もなく　たたいている。

そして舞いあがり　きららかに
立っているあの生命の木の
高い梢のあたりを
ゆるやかにめぐりながら
この落葉たちは
やがて光の環を描き
母の内部の　白い夜あけに
ひろがりながら　還ってゆく。

詩人

ときどき前方をはるかにみつめながら
星の夜の　白い街のなかを
彼は歩いていた。
ただひとつの声を求めて
耳を傾け　あたかも
この夜の空に溶け込むように
生命の縁を歩いていた。

傍らを過ぎてゆく人々の
この時間のなかに　じっと
透明に　死をみつめながら
存在の内部の
夜の深さのなかを彼は歩いていた。
なにも聞えはしなかったが

黙している和音のひびきが　はや
彼の心の　無数の絃に触れるのだ、
すると　ふいに
そのまなざしには　夕暮れの
燃えている空の回想がよみがえる。

数多の存在の形象が
彼の周囲で　燃え上がりながら
夜のなかに　無形の白さとなって
沈んでゆくのを
視たように思った。

その彼の　道の前方に
ほの白い星が
夜のなかに窓の形象となって
歩いている彼の顔を
宇宙の広大な空間へとむかわせている。

晩　夏

炎がゆらめきながら衰え
夏が大地に倒れふす、
陽気な子らの歓声が消え
緋いろのカンナの花が凋む、
人はふたたび孤独になり
自分の部屋に灯りをともす。

有頂天な愛のよろこびを
銀いろの時間がするどく刈りとり
渡り鳥たちが枝々からとび立つ、
吹きつける風におののいて。
その風のなかに
衰滅への予感がひびく。

だが　いま一度

明澄な空気のなかで
いのちはこんじきに燃え
ひっそりとしずまった森の奥では
果実が熟れるだろう、
夕雲にその彩りが映るだろう。

遠い音

夜　じっと両つの耳に
掌をつけていると
ずいぶん遠い音がきこえる。
森の木々のざわめき
それをつつんでいる星の光の音
そして
その星の光をつつんでいる暗さの
深い音がきこえる。
深い暗さの奥に
もう亡くなった親しい人の
心の鼓動がきこえる。

鐘の音

La cloche secrète de mon âme,
La petite cloche lointaine de
mon être intérieur,…
—A. de Chateaubriant.

どこかわからないが　この夕べ
遥かな遠方から
鐘の音がきこえてくる、
重い孤独の沈黙や
ときどきの幸福の想い出の
星のない苦しい夜や
よみがえりの朝の
数々の起伏を超えて

鐘の音がきこえてくる。
無限なものの風をうけて
光のように澄んだちいさな音が
大気のなかに
いっぱいにひろがりながら
ほんとうにかすかにきこえてくるので
心が　一瞬　思うのだ、
人生とはこんなにひろく遠いのか　と。

詩集『影の夢』（一九九三年）抄

桃の実

夏の夕暮れ　甘い匂い
幼な児の頬に最後の光が去りがたい。

奥のほうでは
たしかな灯りが　卓上で
ためらいを拒みはじめる。

幼な児は疲れ　眠り込む。
もうすぐ終りの夏の寝息、
そして　この匂い

小さな手の傍らにころがっている
桃の実から

漂い出て　いま
時間の狭間を横切る。

白い道

月が夢のなかの
道を照らした。
むこうのはずれに
一本の樹の影がみえる。
その下を　こちらにむかって
誰だろう　あれは
歩いてくる人がいる。
月明りのなか
どの屋根も　いま
眠っている遠い山のようだ。
路傍に　石の塊は
深い淵のようだ。

これは静寂だろうか、
静寂というにはあまりにも
かすかな息に充ちているこの夜の、
それとも沈黙だろうか、
沈黙というにはあまりにも
重さのとり除かれているこの夜の
白い道を　誰だろう
歩いてくる人がいる。

雨の日に

——雨の日に、クープランの《チェロと管弦楽
のための演奏会用小品》をレコードで聴く

雨の日に聴くチェロの音、
葡萄の棚から雫が落ちて
窓辺にランプが灯っている。
なにもかも

なくなってしまったのか、
名づけようのないところに
すべては沈んで。
雨の日に聴くチェロの音、
心に雫が落ちてきて
葡萄棚は幽い翳をつくる。
むかしの恋人のように
どうしてもその顔を
はっきりと想いうかべられない
ものの数かず、
雨の日　チェロを聴く。
遠くから一つ　またひとつ
落ちてくる雫のように
いつしか過ぎ去った日々、
それを救おうにも救い得なかった
たくさんのものたちの歎き。
喚び起すことなどできないほど
無のなかに静かに息づいているものたち。

チェロの音が雨の日、
その音のわずかな持続ののちに
はやくも消えてゆく。
もう繰り返すまい。
すべては消えてゆくと
この音がうたっているのに
すべてを救えるかと想っていたのか。
葡萄の葉が揺れる。
庭のもっとむこうで
もう一つの世界が揺れる。
なにか言葉にならないものの
眠りよりも静かな歎きが
かけがえのない深いところから
きこえてきて
いま　心のどこかに
夢の空間をおしひろげる。

何故

――虐殺された民衆に

あなたは何故そこに生れたのだ、
そこではなくて　どこか他の処でもよかったのに。
あなたが生れたのは一つの河のほとり
何年　幾世紀　あなたの血が
そこを離れなかったために
あなたは村を　大地を　風を棄てなければならない。
あなたは何故そこに生れたのだ、
そこではなくてもよかったのに。

あなたが生れたのは一つの湖のほとり
夜が星々の煌きを水面に映したから
あなたは舟を　網を　波を棄てなければならない。
あなたの心のなかの
丘のつらなり　杉の木立　家々の白い壁

あなたは何故そこに生れたのだ。
そして　そのためにあなたは
ある朝　虐殺される、
そこではなくて　どこか他の処に生れなかったから。

泉に近づく

遠ざかるにつれて
はじめに在ったものが行く手にみえてくる。
けっして円環ではないのに
すでに時間に搬び去られたものが
私の知らないところで
時間の深い地層をかいくぐって
私の前方にみえてくる。
すこしずつ流れ下るにつれて
ますます泉に近づく不思議さ。

夕闇のなかでのように

こちら側は明るくて
むこう側は暗いのだと
いつか　人に聞いたことがあるように想い
そこには立ち入ることもできないと
長いあいだ　私も信じていたのか。

まるで何かを避けるために
身を躱《かわ》しでもしたかのように
あなたはふいと姿を消してしまった。

あなたもまた　むこう側へ行ったのかと
あたりを眺めると
いまはもう　むこう側もこちら側もなく
同じ一つのおおきなひろがりとなって
あたかも夕闇のなかでのように

見えるものも見えないものも
おなじくらい確かに
おなじくらい朧げに
在りつづけているのが　それとわかる。

なんと奇妙に濃淡が混り合って
このひろがりとなっていることか。
あなたがそこにいるせいで　いつのまにか
そこが私のいるところと重なり合い
私のいるところが　あなたのほうへむかって
しずかに流れ込んでゆく。

詩集『冬の霧』（一九九八年）抄

ちいさな一羽の鳥

何に似ているのかと想い返してみるが
すこしも心に浮ぶものがない。
あまり明るくない冬の午後の
それも建物の陰に沈み込んでしまった
ちいさな風景のなかの　一本の樹の
その名称は何なのか　なかほどの高さの
黯《くろ》ずんだ二本の枝の岐れるところに　先刻から
ずっと暫くのあいだ　おそらく十三分かそれ以上も
ちいさな一羽の鳥が体をまるくして
じっと動かずに　眠っているのか
それともなにか夢想でもしているのか
もうこれっきり飛ぶことはあるまいと
私に思わせていたのに　ほんの一瞬
視線をべつの場所に移したのちに
もう一度　その枝の岐れるところに戻してみると
そこはずっとそんなふうだったとでもいうふうに
ただ透き通った　幾らか暗さの滲みはじめた
夕暮れの風の吹きとおる場にすぎないのだ。
まるで十三分かそれ以上の　あの時間が
ふいにそこから姿を消してしまったかのように
私の心をうろたえさせ　うつろになったその場を
そのまま私の衷に搬び込む。
これは何かによく似ているのだが
それが何なのか　私にはわからない。

動いている大きな手

唐突に変転する物語のように
私たちのどんな予測をも超えた
一ページが　つぎに開かれることだって

ありはしないか。
今朝の　かすかな雨が濡らしている
黯ぐろとした枝の岐れに
さらに幾つものページがまだ切り開かれもせずに
つづいていることを約束している
小さな栞が挟み込まれていることに
昨日　私は気がついていただろうか。
誰がそれをそこに置いたのか、
その約束から何が生れでるのか。

大きな空の手の動きによって繰られるはずの
まだ開かれていないページをまえにして
私たちはむしろこともなげに
落ち着きはらって
夜ごとに本を閉じて眠るが
私たちの眠りを超えて
何かが明日にあてがわれた一ページを
整えていることの不思議を想えば
軽いおののきをおぼえることだってありそうだ。

＊

眠りの底で　つい先刻垣間見たのは
動いている大きな手の影ではなかったのか。

女の顔が

蠟燭の小さな炎に照らされて
女の顔が泣いている、黙って。
ずっと黙って。ときどき
横顔の喉のあたりが動く。
灯って揺れているのは　きっと彼女の心だ。
頰を伝って落ちる小さな滴に
かすかな光のかけらが反射する。

玻璃窓を通して　沈んだ青いかがやきが
落ちてくる。誰も今日、この海の底の
夜にも似た寂かさを知る者はいない。
荘厳な昔の王たちの儀式もなく、
信心を鼓舞する声高な説教も聞えてこない。

まるで一人の女の泪の幾粒かが
数珠となり　束柱となって
大聖堂の全体を支えてでもいるみたいだ。
難破した船のように重い　この巨大な建造物を
それでも幾世紀にもわたって搬びつづけてきたのは
苦しみ、哀しみに他ならなかったのだとでも
いうみたいに、女の顔が泣いている。

詩集『光の眠りのなかで』（二〇〇〇年）抄

微かなもの

何もかもが暗さのなかに
身を退き
それでも意識だけが
開かれたままになっている
この瞬間、
いちばん遠いものが
微かに動いた。

澄んだ闇のなかを
それがこちらへと
近づく気配があった。
何処から来るのか、
そのものは？

微かな私の存在が感じている
この瞬間を
それは細い光の道筋の
向うの端で同じように
呼吸しているのだろうか。

私たちのあいだで
記憶が　途方もなく
大きなひろがりとなり、
ひろがりの全体を包み込む、
ここに微かに私が在り、
なお感じているこの瞬間に
私が返す沈黙を
そのものが受け取るとき
私は存在しないままに
いちばん遠いあのものへの
一つの感謝を伝え得るだろうか。

夢

織り上げる端から
ほつれてゆく幾つもの図柄、
たぶん　一つの世界が
仕上がったときには
ほとんどそのままに崩壊の
段取りがおし進められているのだ。

いつもつくり上げてゆくことに
熱中している宇宙の砂浜の子ども、
私たちの手の下で
すこしずつ滲んでか、
時間の一瞬の波によってか、
築かれた砂の城は攫われてゆく。

天球儀のままに星の並びが
整えられて　すっかりランプが灯ると
はやくも幾つかが消えている。
そして　ほどなく永遠と無限とが
何処へか過ぎ去ってゆく。
何が残っているのか、夢のほかに。

詩集『愛と名づけるもの』(二〇〇二年) 抄

なぜ私たちは

なぜ私たちは　過ぎ去り
消えてゆく諸々のものを
とりわけ　いとおしく感じるのか、
ときとして　その余のものには
どんな繋がりも　もう自分には
ないのだと思われてくる。
そのとき　私たちの周囲で
地上のすべてが色褪せる。

だが　やがては諦めが来て
内部の虚ろも
いつしか平坦に均され
時の力に抗いながらの

癒されぬ思いも消えて、
そのこともう気にならない。
私たちの周囲で
世界はふたたび均衡を取り戻す。

そして　こんどは
自分を咎めたい気もちが　ある夕べ
唐突に古傷の疼きとなって
穏かな、内部の空に　一瞬
稲妻を走らせる、――
「なんと私は忘れやすく、不実なことか」と、
久しく見なかった一つの面影が
重い翳りのなかに　かすかに
浮き出てくるのを見たように思う。

実際　私たちが忘れようと忘れまいと
空が沈んでいようと　晴れようと
すべてはそんなふうであり、
すべては深い消失へとむかってゆく。
だが　すばらしいことではないか、
私たちが時を超えて
ほんの束の間
失われたものの息に　なお
心を包まれたことがあったというのは、
それにもまして
そのものが　消滅に先立って
かつて　ひとときこの地上に
私たちとともに在ったというのは、
そして　いまも無数のものが
私たちのまなざしを待っているというのは。

モーツァルトのある音楽に

ピアノとオーケストラの

幾種類かの音を綯い交ぜては
解きほぐし、連ね　深め　沈めてゆく。
揺らめきながら　走りながら
音は高まり　ときに叫び
ときに歎き　何かを想い出すように
低声で呟きながら　遠ざかってゆく。
私たちのまだ知らないものを　何処へか
取りに戻ろうとするかのように。

ただそれだけのことなのに
ほんとうにそれだけのことなのに
あなたはいま誰よりも深い沈黙を語り
私たちをあなたの衷に誘い込む。

この世界の何処にもないものが
こうして音の連なりのなかに
宿り得るのは何故なのか、
ただの記号に過ぎないものから立ち現れ
しかもそこに在るでもなく　ないでもなく
しかも私たちの日々の
光や夜に呼応するように
暫くの時間を特別なものにする
このものは　あなたの何なのか。

繰り返すさざ波の煌き、
白い闇の奥のかすかな影、
郷愁のように　憧れのように
譬えによってしか表しようもないものを
あなたは自在に変化させながら
それを聴く私たちの外のひろがりを満たし
そのままに内側のひびきとなって
私たちの心を解き放ち、和ませる。
それとも　解き放たれ　和んでゆくのは
それもまた　あなたなのか。

音とひろがり、存在しないままに

そこに在って　このうえなく暗い水底に
宿っているこのうえなく澄んだ青さ、
音を搬びながら　音のなかに
宿っているあなたの
このうえなく明るい悲しみ、
繰り返し地上に戻ってきては
また立ち去ってゆくあなたの影……

夕暮れの空の薔薇

実際　この世界のひろがりは
足早に去って行った者たちの
想い出の場であり
私たちの想いや仕種の数かずは
どれも彼らの心にとどくための
手向け花だ。

「お別れです、時間が来ました」と
彼が言った。つぎには彼女が
最後の笑顔をこちらへ向けた。
どれほどの離別を重ねてきたことか、
彼らは何処へ消えていったのか。
私たちの語らいを和ませていた
あの夕暮れの空の薔薇は
何処へ散ったのか。

失いたくないと思う一瞬を
とどめようとする指のあいだから
何もかもが落ちてゆく。
虚空に建てられた墓碑のように
私たちはことばを差し出すが、
やがてはそれも散ってゆく。
けれども散ってゆくそのものを
彼らが何処かで
愛と名づけることもあるだろう。

ただひとつのものとして

闇のひろがりのなかに　どんなふうにか
浮いているあの白い、ちいさな光の運命を
考えてみるのはおそろしいことだ。

子どもの頃から慥かなもののように
教え込まれてきた空間とか時間とかの様態が
ただの幻想のように感じられて
ふいに軸を失い、ばらばらに解体し、
一切は時間をも空間をも超えて
ただひとつのものとして在るのだと
感得する他はないと信じられてくる。
いま在るものもすでに無く
すでに無いものもなお在りつづけるのだと
あの白い、ちいさな光は
私たちに言うかのようだ。

濾過されてゆく極限に
何かが現れて在るのではなく、むしろ
混沌ともみえるもののなかに
闇と光とが、在ることと無いこととが、
それにまた　犯すことと宥しとが、
愛と死とが、ともにひとつのものとして
感じられないときには
あの白い、ちいさな光の語ることは
ほんとうには聞き取られてはいないのだ。

詩集『昨日の雲』（二〇〇四年）抄

ウィリアム・バードのある歌に

いまはもう語られなくなった言葉が
何処かの城の廃墟にでも
幾世紀の重い灰の下に身を潜めて
もう一度　燃え上がるための
風を待っていたのだろうか。
「主よ、私たちの束の間のよろこびの
　何とむなしいことか、
　私たちの欲望の甘さに
　何と苦みの混っていることか、」
遠い夢の奥から　呟くような声が
ここまで届いてくる。
声はうたっている、それとも
地の底で祈っているのだろうか、
「焔に遭った雪のように
　何とすばやく消えることか」と。

どうしてここまで届いてきたのか、
ヴィオールを携えた歌い手の声が
途切れてはまた立ち上がり
つぎからつぎへと　松明の
微かな光が闇を渡ってくるように
王たちの栄華と滅びとを超え
幾つもの世紀を超えて
ほとんど地球の反対側にまで
いちども見えないままに
届いてくる。ウィリアム・バードは
そのことを知っていただろうか。

歌は焔に遭わなかったのか、
それとも焔はこれから歌を捉えて
雪のように融かそうとするのだろうか。

それもあり得ないことではなさそうだ。
地球の上の誰も　もうこの歌を聞かない日が
やがて来る、それもほどなくのことだ。
そのとき　この地上にまだ
人はいるのだろうか、私は知らない。
べつな松明の微光は谿の闇を超えて
なお受け渡されているだろうか、
もううたわれなくなった歌の
消えた音の　意味の風に吹かれて。

雪の日の想い

雪が降ってくる。
しだいに密になる灰色を貫いて
鳥たちの飛翔がひとしきり遽しく
はやくも野末まで
過ぎ去った季節は
いちめんに覆われてゆく。
ほどなく道という道は
在り処を失うだろう。
つい先刻まで開いていた
鳥たちの通い道も
もうすっかり閉じてしまって
ただひたすら沈黙が降ってくる。

幼い子どもが叫びながら
転げるように走り下った
あの山の斜面の道も　いまは
ここよりももっと深い静寂に
覆われてしまっただろう。
だが　季節のめぐりが
ひそかに道をつけてゆく。
枯れた茎の先から
小さな掌が取り集めて
すぐにまた　土に返したあの種子は

その道を通って　いつか
夏の夕暮れをうたうだろう。
そのとき　花には幼い手の
感触が宿っているだろうか。

小さな話

夜が明けると
木々の葉の縁がかすかに
黄金色に染まった。
消え残っている空の
淡い水溜りに
目醒めたばかりの
鳥の影が一つ映った。
私はまだいなかった。
それが私の前世だった。

私はいつ生れたのだろうか、
私は知らない。

夢から醒めると
葉叢にみえる幾つもの果実が
夢の色に染まっていた。
暮れはじめた丘の
静かな窪みに
夢の向う側で
眠っている獣の姿があった。
私はもういなかった。
それが私の来世だった。

私はいつ死んだのだろうか、
私は知らない。

老いた顔

老いた顔のなかで
両の目は開いている。だが
遽しく過ぎてゆく歩行者の足取りを
追ってゆこうともしない。
きっと影たちの現れるのを
じっと待っているのだ。

まなざしが内側へ深く
注がれてゆくと、たぶん
そこにだけ　昔の春の
みどりにつつまれた枝の下の
門が開いていて　愛する人の
あの白い項《うなじ》が見えてくるのだ。

老いた顔の放心と私たちは言うが
時間を超えて近づいてくるものへの
熱い集中が　その顔を、一瞬、
内側から明るく照らしているのを
私たちは見落してはいないか。

もう誰にもわからない
たくさんの秘密を抱え込んで
閉じたふるい器のような
心のなかで、私たちの知らない
何と多くのものが息づいていることか。

雪の朝

大気が凍てついているのか
今朝はまだ鳥の動きがない。
幾つもつづいている屋根は
どれも真っ白に覆われている。

ずっとむこうの木立のあたりも
いつものような枝のざわめきがない。

いつか世界が死んでしまったら
風景はこんなふうだろうか。
まるで書物の白いページのように
活字が打ち出されるのを
待っているみたいだが、
そのページを埋めようとする手はもうない。

「無限」とか、「永遠」とかは
何処までもつづくそんな白さだ。
何一つ動くもののない
白紙の光沢がすこし眩しく
無数の記憶の影がそこに消える。

けれども　まだもうすこし
時間は呼吸《いき》をつづけているらしく、
何処かで雪の落ちる音がすると
かすかに梢が揺れて
最初の一羽の鳥の飛翔が
白いひろがりを横切ってゆく。

詩集『新しい朝の潮騒』（二〇〇七年）抄

霧　雨

何かを懐かしんでいるのか、
遠い想い出のなかの
いちばんよかった時間を
振り返っているのか、
何処からか　よく馴染んだ
ピアノの音が聞えてくる。
まるで自分の内側から
ひびいてでもくるように。
あれはモーツァルトの
《協奏曲変ホ長調》のアンダンテだ。

誰が弾いているのか、
それとも弾き手は何処にもいないのか。

音は繰り返し、繰り返し、振り返る、
別れを惜しみ、想いがけず
ふと喚び起されたものが
消えてしまわないようにと
懇願してでもいるのだろうか。

霧雨が降っている、
並木の葉が幾らか黄ばんで
もう生気を失いかけている。
「あれはそんな季節だった」と
音は遠ざかりながら呟く、
奥深くに立ち去ってゆく影のように。

いつかそんなふうに私も想うだろう、
ひっきりなしの細かい雨のなかで
そんなときが私にもあったのだ　と。
そして　秋の霧雨の日だったのに
そんなにも静かに明るかった　と。

晩秋の日

堆く散り敷いたこの年の枯葉を
黯ぐろと湿らせていた雨が
いまは小止みになってきたらしく
何処かで小鳥の鳴く声がする。
ほどなく寒さを呼び込もうとしている
この朝の大気が　それでもいまは
奇妙にやわらかく　大地の息を
和ませているようだ。

亡くなった人の想いが
そこに目醒めて
すこしだけ　大気のなかに
帰ってきたがっているのがわかる。
あなたはまだ昔のままに
そこにいて、姿は見えないままに
私たちのことをすこしだけ
きっと想い出したのだ。

湿った落葉の黯ずんだ層の下で
晩いこの季節に　はやくも
まだ見えていないのに
よく馴染んでいるものの
気配が整えられてゆくのがわかる。

幼い頃に

幼い頃　よく通った道筋に
小さな陶器屋があって
誰が何を買うのか　幾つもの
壺や茶碗が店の暗がりにはあった。
人が入れば　その都度
何かは求められていたのだろうが、

その後にも　そこに置かれたままで
塵を被って　誰の目にも留まらず
遂に用いられることのない
器や置物のことを私は想った。

誰にも欲しがられないテーブルや椅子、
誰もその上に坐ることのない絨毯、
誰にも抱かれることのない人形、
誰にも開かれないままの書物、
自らの用途とは無縁な
そんな数かずのもののあることに
私は妙に心を惹かれたものだった、
そして　遊ぶ仲間のいない子どもや
訪う者とてない　一人暮しの住処に。

幼い頃の道筋で　私は想ったものだ、
もしかすると　誰にも知られない
一人の神が同じように何処かにいて、
この世界では役割のなかった
たくさんのものや人びとを
彼の不思議な広間に招き入れ
それぞれに想いもかけない運命を　改めて
あてがう手筈にしているのではあるまいか　と。

数の外に

私が見るはずもないたくさんのもの、
なぜなら私は生れた者、
私は死ぬ身にすぎないのだから。
私がその身を置いている
小さな部屋のなかの
仕事をしている小さな机のまえの
この一点を支えている無限の時間、
無限のひろがり、そして
そこに在るもの、誰かが何処かで

「消えてしまった」と叫んでも
「まだ見えない」と訝しく思っても
それらの声から意味を剝ぎ取ってしまうすべて、
私の感覚や思惟などものともしない
それらすべてのもの、
昔の空の鉱物のかけらや
億光年先の雨の滴、
またはまだ煌かない何処かの星の
沼地の一羽の鳥の　ひとすじの羽毛、
いまの、此処という数の外に在るそれらすべてが
いまの、此処を支えていることの不思議を
私は思う。私が此処から立ち去れば——何処に？
不在という言葉が指し示すその一点を支えて、
私が此処に来るまえの不在のときと同じように。
それら無数のものが　もしかすると
つねに変ることなく不在のままに
なおも在りつづけていることを私は思う、
すでに在りつづけていることを知っている。

鉱物のあのかけら、あの水滴、
あのひとすじの羽毛を　誰かが
ほんの一瞬だけ　見るにしても
または見ないにしても　いずれにもせよ
それらすべてが紛れもなく
いまの、此処を支えていることを思う。

おそらく　意味とは
〈在る〉ということの影にすぎないのだから。

誰かが歩いている

部屋には灯りが点っている。重い曇り日の
もう午後四時になろうかというこの時刻、
窓の外では幾つかの樹木の影が
寒さを引き寄せて、すこし縺れ合っている。
そのためにいっそう暗さが増す。

樹の影のむこうを誰かが歩いている。
その姿はここからは見えないし、
その人が若いのか齢老いているのかも
わからないが、悩みごとをかかえて
立ち止っては、また道を辿ってゆく、
ほどなくの闇のまえで躊躇《ためら》いながら。

ここからは見えないその人の足許に
窓からの明りは届いているだろうか。
すぐ近くなのに、何という距離！
そのまなざしに仄明りが見えるにしても
きっと　その心にまでは届かないから。
何処かへ帰ってゆくのだろうか、
それとも立ち去ってゆくのだろうか。

ここからは見えない樹の影のむこうを
誰かが歩いている。ときどき
立ち止っては　また道を辿ってゆく、
ほどなくの闇のまえで躊躇いながら。

まだ一つだけ

重すぎるほどのものを
身の回りに携えていたから
歩く道筋で　すこしずつ
樹木や石の傍らに置いてきた。
振り返ってみても
目に見えるものは何もなかった。
置いてきたのは言葉だったから。
辿りつづけ　つぎに消えていった
道の遥かさだけがそれとわかった。

嫉妬や猜疑心、それにまた
羨望とか物欲とか、幾つもの言葉が

彼の歩みを遅らせていたので
もっと先へ進むために
棄てなければならないものが
まだたくさんあるような気がした。

哀しみや孤独も　路傍の流れのなかに
子どもの頃の笹舟のように
そっと委ねようとしたが、
何故か思いとどまり
暮れはじめた道をなお辿りつづけた。
足を止めて、深い思索に耽るための
言葉の数かずは何処に置いてきたのか、
いつの間にか　思い悩むことが
彼にはできなくなっていた。
何も誇らしい考えが思い浮ばなかった。
あたりには寂かさだけがあった。

樹木という言葉、石という言葉が
言いようのないひろがりのなかで　それでも
まだ彼のほうへやって来る気配があった。
何処かで鳥という言葉が叫びを立てた。
それからまた静かになった。
闇と言い、夜と言ってみた。
それから冷たさと温もりと呟いた。
それらの言葉も虚空に消えていった。
まだもう一つ　ほとんど
何も聞えなくなったなかでの言葉が
一つだけあると彼は思った。ほどなく
そのなかに彼は入ってゆくだろう。

詩集『水底の寂かさ』（二〇〇八年）抄

驟雨のあとの

驟雨のあとの春の空、夕暮れの
雲が現れてはつぎつぎに消えてゆく。
枝ははやくも花を散らして、
かすかに芽吹き、おののき、
何ヵ月も先の　遠い終焉にむかって
いまにも走り出そうとしている。

その様子を飽くことなく眺める、
自分がまだ生きているのを
慥かめようとでもするみたいに。
それから　すこしだけ
見えていない遠方に視線をむける、
想い出のなかを振り返るときのように。

まだこんなふうに生きていて、
もう自分がいない日の
時間のひろがりをそれとなく想ってみる。

その日も今日のように肌寒く
つぎつぎに淡い雲が現れては
消えてゆくだろうか、それとも
野を横切ってゆく流れには
光が眩く反射しているだろうか。

透き通った光の雨のなかを
走りながら　誰かがずっとむこうから
こちらを振り返って
笑っているのが見える。
肩や髪のあたりが光に濡れている。

そこに私はいないのに、どうして

そんなふうに見えるのか、
その姿はまだとても幼くて
いかにも危うげな足取りだが
ほどなく　もう水辺に足を浸して
しっかりと立っている。

その姿にむかって　そっと
手を振ってみる、ここでは
驟雨のあとの春の空、夕暮れの
雲が現れてはつぎつぎに消えてゆく。

祈り

神よ、あなたがおいでになるのならば
未だ　世界を閉じてしまわないでください！
この世界を委託されたかのように
私たちの振舞いはあまりにも野放図に、
生命のあるものをも無いものをも
自らの欲望の赴くところに据えて
恣《ほしいまま》にしているために　あなたの憤りを
買って、ついには消え去ってゆくとしても
それは私たちの甘受するところです。

けれども　神よ、私たちの傍らには
なお季節を整えるために
繰り返し夢を結んだり
葉を散らしたりする無数の植物や
つつましく彼らに寄り添って生きている
無数の動物たちがいて、土と水とから
恵みを受けることで満ち足りています。
彼らの傍らには風も雨もいて、
ただほんの一刻在ることにのみ
その意味を見出しています。むしろ
そのことをご覧になってください。
そして　もう誰にも世界をまるごと

委託したりはなさらないように！

神よ、あなたがおいでになるのならば
未だ　彼らのためにこの世界を
閉じてしまわないでください！
そして　あなたがおいでにならないのならば
この願いを私はただ自分の胸の衷に収めて
誰にも送られなかった手紙のように
失効を知りながら　それでも
持ち続けることにしましょう、
私たちの後にも　あなたの不在のなかに
なお世界があることを信じて！

夕暮れに

誰のために　何のために
私は書いているのか。

まるで消滅に抗うかのように
言葉を綴ってゆく。

だが　それならば何かを
ほんとうにとどめ得たのか。
在るという行為はそのままに
搬び去られることへの異議申し立てだ。

ほんとうに書くべきこと、
それはこれらすべてのものの
申し立てに耳を傾けることだ。
夏の終りの庭に揚羽蝶が飛んでいる。

遊び疲れた子どもは卓に凭れて
うとうとしている、ほどなく夕暮れ。
昔に変らず　空は懸命に
明日を搬びつづけている。

きっと　ほんとうに書くべきことなど
何もないのだ。在るということの
解きがたい不思議を超えるものは
何もないのだから。それでも
空に流れる朱金いろの一刷毛のように
白い紙の上に文字を列ねる、
文字は蝶の翅に似ているだろうか、
子どもが夢のなかで笑っている。

塔の影

存在とそれを否認するものとが
波打ち際で　せめぎあっている。
波が寄せ、波が退くと　ふいに
そこにあった塔の影が消えていた。
気がつけば　一朶の雲も
遠方からの光を遮ってはいなかった。
塔は浚われていったから。
あれほど久しくそこに在って　ほとんど
消滅することなどないと思われたのに。
それとも　それは瞬間のことだったのか。

精妙にカーヴを描く記憶の螺旋階段、
そこをのぼりつめれば
尖った塔の頂点はすでに光のなか、
波頭が尖端に砕け散るその都度
飛沫が光を海に返すだろうと思われた。
見えないものの宿りが風の赴くままに
四方八方拡散してゆくかと思われた。

どれほどの時間の波が
宇宙の涯から押しつづけてきたことか！
存在の岸辺に打ち上げられた貝の塔、
遥かな星雲の凝縮を伝えていたその響き。
それから　また、螺旋を刻みながら

繰り返し影を滑らせていた塔の愛撫を
渚は想い出す、在ることと無いこととの
どちらが夢なのかと訝りながら。

昨日降った雨の

昨日降った雨の残した水溜りが
淡い夜明けの空を映している。
おぼろげな光の予感のなかで
いちばんはじめに目を醒すのは
遥かな　どの国から飛び立って、
どの繁みで夜を過した小鳥か、
かすかに揺れながら　水は
飛翔が横切るのを待っている。

空のひろがりだけを映している
一枚の白い紙、散らばって
動きはじめた小鳥たちはやがて群をなし、
列をつくり、遠い世界の記憶を
手短に語りながら、そこに
影だけを残して　また飛び去ってゆく。

むこうでは　何があったのか、
戦火を潜り抜け、生き残った人たちの
幼い顔、老いた顔が　安堵の表情を
深い悲しみと苦しみとのなかから
それでも取り出すことができたのか。
空を見上げた彼らのまなざしを　鳥たちは
海を越えてここまで運んできたのか、
水溜りのような　白い紙の上に
鳥たちの伝えたかったことばの影を
誰かが誤りなく読み取るだろうか。

詩集『砂の上の文字』（二〇一一年）抄

雨の音

想い出そうにも想い出せない
たくさんのこと、そんなにも
すばやくそれらは過ぎ去り、
それとも　消えてしまったのか。
それとも　私があまりにも迂闊で
何もかも見落してしまったのか。
私の想い浮べるものの他に
空はなかったたか。葉叢の
そよぎはなかったか、他にも
暗い街はなかったか、その他にも……
想い出すべきたくさんのものが
あったような気がする。

それなのに　記憶のなかに
蓄えられたものの数はほんの僅かだ。
大きなよろこびとか、深い悲しみとか
または烈しい驚きとか、何かしら
心に斧のように打ち込まれたものたち、
それも　そのなかのほんの少し、
他のすべては私の視線に触れることすらも
なかったのかと思いもする。

だが　きっとそうではなくて、
私が記憶にとどめようが　または
ついうっかり取り落してしまおうが、
そのことにかかわりはなく、
たくさんのものが、そうだ
ほとんど無数に近いものが
私に呼びかけてくれて、私が振り返ろうが
それに気がつかずに通り過ぎようが
日々　私というこの存在を支えて

惜しみなく生起しつづけているのだ。

たぶん　必要なことは　もう
何かを自分の衷に蓄えたいと
無益に願うことではなく、
この、いまの刻々に
私の存在に触れてくるこれら無数のものに
屋根を搏つ雨の音や　夜の道ゆく人の足音に
それがどれほど些細なものに思われようとも
自分を委ねることだ、つぎの瞬間には
もう想い出さないにしても。

夕暮れ、秋の深まり……

一日ごとに秋が深まってゆく。
黄ばんだ葉叢のあいだに
漿果が赤く小さな斑点を散らしている。
何処からかシジュウカラが帰ってきて
すこし翳った空間をすばやく横切りながら
短く鋭い囀りを聞かせてゆく。

あれもこれも　眼にみえるすべては
一日ごとに　さまざまに変容しながら
いつからか始まった時間を紡ぎ出し
さらに先へと繋ぎつづけてゆく。
明日にはさらに秋は深まり、
やがて雪の上をシジュウカラが飛び跳ねるだろう。

そう　すべてはそんなふうだ、すべては
さまざまに変容しながらも　唐突に
現れたものなど何ひとつないのだと
ひとつずつの季節をつぎへと受け渡し
ありとあるすべてのものが整えた世界を
まるで巨きな船のように搬んでゆく。

だが　この夕暮れに　つい先刻から
私が紡ぎつづけるこのことばは何なのか。
この世界の何が、誰が　いったい私へと
この紙の上まで搬びつづけてきたものなのか。
漿果の照っているあの枝と鳥の影とが
世界のなかに　みごとに位置を得ているように
ことばは何処かに場をもつことができるのか。

囀りのようにか、それとも風のようにか、
ことばは唐突に現れては　はやくも消えてゆく、
何処からか聞えてくるあのピアノの音のように。
存在しないものたちの繋がりは？
残っているのは消えていったことばの痕跡だけだ。

じつにさまざまな形象の無数のものたちに
まじわることもなく、それかといって
それらさまざまなものたちに支えられなければ
成り立たないような、もうひとつの世界が
まるですぐそこに潜んででもいるかのようだ。
夕暮れ、秋の深まり……

ときどき、私は想う

ときどき　私は想うのだ、
私の知らない何と多くのものが
それとなく私を支えていることか　と。
そしてまた　とてつもなく遠くから
宇宙のむこうの涯から　自分が辿ってきた
旅路の長さを想う、もう自分では
想い出すこともかなわぬ多くのものの
計り知れないほどの経験の数かずを
いま　ここにまで　携えて。

ちっぽけなこの私が　自分の両手で
取り込んで蓄えただけの記憶など

おそらく　何ほどのものでもないのだが
それでもよく見れば　そこには
いちばん遠くの星の欠片の
呼吸《いき》のリズムの　不思議な煌きが
うかがわれもするのだ、自分では
もうそれを何処で身に帯びたかもわからないままに。

一茎の花

サクラソウ、オダマキ、ヒナゲシの花と
色とりどりに濾しく　ひとしきり
咲き出ては散っていった。
はらはらさせるその様子が　昔から
私には世のなかのことなど何も知らない、
いたいけな少女のように哀しかった。

あのとき目にした一茎はどうなっただろうか。
あれがまだすっかりは萎れるまでは見なかった。
いつの旅先でのことだったか、
そんな想いがこの齢になって　まだ
自分の奥に消えずにあったとは！
それにしても　今日ふいに目に浮ぶあの一茎！

遠い異郷の街角のいい匂いのするパン屋のガラス扉の
すぐ傍らで　彼女はただじっと舗道に正座して
自分のまえに小さなコップを置いていた。往来で
陽気にはしゃぐ娘たちに目をやるでもなく、
せいぜい十年そこそこの自分の歳月を凝固させて
路傍に蹲るように　誰にも気がつかれずに咲いていた。

「托鉢修道女」というものはあるのだろうか。
それが端正なあの姿には　似つかわしい
名まえのように　あのとき私には思われた。
いつの日かの　すさまじい嵐に吹き飛ばされて
何処からか散ってきたただ一粒の種子の

悲しい芽生えだったのか、今日は
俯いたあの花の一茎が頻りに想い出される。

たくさんの悲惨や苦しみを負わされて
ただひたすら祈っているようにも思われた。
在るということの厳しさに染められた花弁、
その頬の色が　それでも汚れずにかすかに見えていた。
あそこでの　今年の冬は厳しかったと聞いている。

誰にまなざしを注がれることもなかった
あの一茎の花が　春も過ぎたこの夕べ
ふと目に浮ぶ。じっと坐していた一人の少女の
その姿、ただ一輪だけの
かぼそい小さな野のユリにも似て。

旅立ち

詩だって？　それは何なの？
夏の終りの高い並木の枝先で　小鳥が訊ねる。
あれやこれやのものに　人が名まえをつけて
紙のうえに並べて置くと　それが詩なのさ、
ずっと下のほうで陽灼けした石が答える。

それで私たちはどうなるの？
小鳥がまた訊ねる。
べつに。どうもならないさ。
ひかっていた石はいまや雲の翳につつまれる。
名まえって何だろう？　詩だって？

鳥はあたりを眺めまわす。
そう　あれやこれやのたくさんのもの、
昨日はなかったのに　いまは

大きく、誇らしげに咲いているもの、
それからほどなく萎んで消えようとしているもの。

小鳥は旅立ちの日の近いことをふと想う、
自分の名まえがわからないままに
一声高らかに叫んでみせる、
山を越え、海を渡る道筋がわかっているのに
自分の名まえがわからない　と。

「燕が旅立ちの用意をしている」と詩人が書いている。

詩集『赤い漿果』（二〇一二年）抄

影絵の枝間から

葉の落ちた影絵の枝間に　星がひとつ見えている。
すこしずつ空が明るみはじめると
すこしずつ燦きはうすれてゆき
やがて　その所在はわからなくなった。
何処かに消えてしまったのか、
それとも　それはまだあそこに在るのに
私の目に見えなくなっただけなのか。
空の奥から降りてきて
鳥が一羽　葉の落ちた枝の先にとまる。

ささやきの声が

何もかも覆い包むようにして
朧な　今朝のこの冷たさ、
一面の白いひろがりは
亡くなった人たちの想い出なのか、
よく見ればそこにも　はや
何処からか光が射しかけていて
融けはじめた沈黙の層の下から
ささやきの声が聞えてきそうだ。

春の気配

雪が降った。
雪は地面を覆いつくし
それから雪は一日で融けた。
人が姿をみせて
ほどなくその影が去っていった。
何処かに花の香りがある。
何処かで笑い声がひびいている。
もう姿のない人の残していった
明るい笑いが　空の何処かで弾んでいる。

破　船

私の捜しているものが
きっとあの岩陰に座礁した船の傍らに
あるかもしれないと思い　先刻から
注意を凝らして　歩き回ってはいるのだが
ほとんどそれらしいことばは見つからない。
むこうでは陽気さを取り戻した若い娘たちが
何やら明るくお喋りをしていて、ときどき

笑い転げているのがここまで聞えてくるが
彼女らの言っていることが
ほとんど私にはわからない。

私のことばが浚われていってしまったのか、
それとも座礁したあの船で　ここまで
私が流れ着いたということなのか、
ただ燦々と陽射しが降り注いで
いまは何処までも海面《うなも》は静かだ。

雑多な漂流物や海藻や砕けた貝殻の
散っている砂浜で　海鳥《うみどり》たちが何か
騒がしく啄んでいる。鳥たちもことばを
捜しているのだろうか。ふと気がつくと
船の傍らに子どもがひとりいて、
何も言わずにこちらを向いて笑っている。

遠雷

重く鈍い空の何処からか
遠雷の音がひびいてくる。
ほどなく雨だろうか。
雨具ももたずに遠くを歩いている
人影がひとつ　むこうにある。

この部屋から見えているわけではないが、
それでもその足取りが
ひどく心配になってくる。
あのあたりは森も家もなく
ただ何処までかきっと野のひろがりが
あるだけだから。唐突に
稲妻がはげしく空を打ち砕き
道ばたの　夏枯れた草が

身震いしながら倒されてゆく。
小さな堤《どて》でもあれば　その陰に
しばらく身を潜めていることもできるだろうに。

いまや空は一面に漆黒の闇のようであり
地平線に近く、帯状の異様な明るみが
まだ希望というには程遠い何かの
徴のように　視界に環を嵌めているが
水浸しの道ともいえない道を
それでも人影はすこしずつ動いてゆく。

よくみればまだ十歳にもとどかないほどの
男の子だ。身もすぼめ、心もすぼめて
いまは裸足になって　雷鳴と稲妻の下を
すこしずつ動いてゆく、ほとんど
閉ざされた視界の外に　それでも
帰ってゆくべきところを知っているふうに。

雷鳴はここでは雨を落さないままに
もうほとんど聞えなくなった。
私に見えていた幼い自分の姿も
何処かに帰りついたらしく　消えてゆき
空の裂け目におだやかな淡い青さ。

水辺で

冬近い川岸の船着場に
じっと待っているのだが
そこにいま船はなく　遠方で
人の話し声が聞えている。

濡れた石にあたる水音のリズムに
思わず目を閉じて　うとうとすると
朧げな意識のなかに
忘れていた人たちの顔がみえてくる。

なつかしそうに笑っているあの顔、
彼女はまだ私のことを憶えているのか、
それともあれは誰か私の傍らの
見えない影に向ってのものなのか。

ひっきりなしに自動車の走る音、
そればかりか砲撃や爆弾の炸裂音までが
かすかに聞えるように思うのだが
それは幻に響くだけなのか。

腰を下ろしている枯草の
仄温いやわらかさが
記憶の奥底にまで届いてくる、
もう身体を緊張させなくてもいいのだ　と。

それにしても眠りのなかにまで
そよいでくる風の　なんという
心地よさ、遠くで呼ぶ声がする、
ほどなく船が出るぞ　と。

ほどなくまた

どんな手が捏ねたものか、
土偶のひとつに　風が吹き込んできて
ほんのひととき　そこに宿った私の心が
ほどなく　また解き放たれてゆく。

何処にむかってゆくのか、何ひとつ
慥かめようもないのだが
それでもかすかに垣間見えてくるのは
ただひたすらに大きなひろがり。

靄のようにも感じられるが
そこには淡く明るさが染みていて

まるで暗い岩窟から　ふっと
外に出たときのようだ。

土塊《つちくれ》はすでに形もくずれて
何もかもが　ただひとつに
融け合っているから
私は自分の心の在り処を
慥かめようもないのだが

そんなことがなお必要だとも
想われない。けっして
眩いほどでもない淡い明るみの
滲んでいるひろがりが
ただそこには静かにあるだけだ。

幼い者のための七つの詩篇【歌曲のための】

I　空が明るみ

フェンス際には　リラの花、
その隣ではミモザの枝が
光を浴びて咲くだろう。
そんな様子を夢にみて、
まだ冷たいこの季節、
暗い夜明けの庭に立ってみる。

何もかも　溢れるほどに咲くがいい、
そのときに私がもういなくても
幼いおまえの笑い声が
樹の下で　はじけてこぼれると
鳥たちが驚いて　枝から飛び立ち
ずっとむこうで空がひかるだろう。

フェンス際には　リラの花、
その隣ではミモザの枝が
溢れるほどに咲きこぼれ
その下を駈けてゆくおまえの姿が
もういない私にも見えるようだ。
空が明るみ　やわらかい雲がゆく。

II　光の息

雪の上を渡ってくる風の
今朝のこの　何という冷たさ！
目醒めかけた枝が
おもわず身震いして
蹲っている鳥を驚かす。

けれども　よく見てごらん、
むこうの空にひかっているのは
雪雲を散らした光の息だ。
また一冬　生き延びたと
地の底で何かがつぶやいているよ。

遠いむこうの山の
凍てついた岩の裂け目から
ほどなく水が流れ出すよ、
幼いおまえがうたうのを聞けば。

III　おまえの歌、おまえのことば

おまえがいま　うたっていたのは何？
おまえが口走ったのは何処のことば？
私の聞きなれない歌やことばを
おまえは知っていて、まるで
岩に当って迸る水のようだ。

おまえがうたうと、空が明るみ
おまえが話しかけると、むこうで
風が答えている。きっとそうなのだ、
おまえが聞かせてくれるのは　生れるまえに
憶えていた歌やことばの数かずなのだ。

いつまでも　いつまでも
忘れずにいてほしい、
おまえが空の夢のなかにいたときの
そのことばを、その歌を、
いつか私たちも想い出すことができるように。

Ⅳ　明るい雲、やわらかい風

明るい雲、やわらかい風、
季節が変って　もう春だ。
土のなかから芽生えてくる
細い草、まるい葉っぱ、
おまえの小さな指が
そっと抓《つま》んで集める葉っぱ。

笑みを浮べて　おまえはそれを
私に差し出す。もう春だ。
不思議なもののように
おまえが摘み集めているのは
いつの日かの　想い出のための
大切な蓄えなのだ。

いつの日か　大きくなったおまえが
遠い何処かで　細い草、まるい葉っぱを
ふいに目にしたとき、
何故かはわからないままに
なつかしい想いに　胸が熱くなるだろう、
明るい雲、やわらかい風。

Ⅴ　希望とは

湧き出た泉ならば
流れるがいい！
芽生えたものならば
花咲くがいい！

何処までも
大地を潤すがいい！
人がそれを見て
安らぐこともあるだろう。

おまえの朗らかな
笑い声、
おまえの明るい
頬の色よ！

眠っているときも
目醒めているときも
希望とは
おまえのことだ、
幼い者よ！

Ⅵ　夕靄のなかに

やっと歩きはじめたおまえの姿が
何故か　いま　私には見えてくる。
路傍《みちばた》の草に足をとられて
転びそうになりながら
それでも蝶を追っていたおまえ、
遠山の連なりが青かった。

もう手を繋がなくてもいいと言いながら
岩肌の斜面を駈け下りてゆくおまえ、

あれはいつのことだったのか。
谷間《たにあい》の村の屋根が赤かった。
それからおまえは背負われて眠った。

あれはいつのことだったのか、
想い出のなかの　光の何と眩いこと！
おまえはやがて遠く旅立ってゆく。
夕靄のなかに　齢老いた私の目が見ている
おまえの背姿《うしろすがた》の　何と頼もしいことか！

Ⅶ　いつまでも

おまえが越えてゆく山、
おまえが渡ってゆく海、
おまえが何処かの街角で
誰かと楽しく話している姿が
私には見えてくる。

いつのことなのか、おまえは
私に手紙で書くだろう、
私の知らない土地の
さまざまなできごとを、
その国が安らかであることを。

私はそれを読むだろうか、
それとも　おまえは想うだろうか、
誰かにこの様子を伝えたかった　と。
おまえとともに　いつまでも
山も海も　穏かに輝くがいい！

詩集『暮れなずむ頃』（二〇一三年）抄

詩

もっと瑞々しくて、もっとまろやかな
味わいの果実を　あなたに
差し出したいといつも思うのに
私の手が触れるせいで　あの枝先のものとは
もう何から何まで違ったものになってしまい、
ほとんどそれはただの想い出のようだ。

あなたの手を引いて、「ほら　これがそうだよ」と
じかにあなたに摘んでもらうのが
いいのかもしれないと私は思っているのだが。
大地と根と　風と枝との
得も言われず睦まじい風情が
光を浴びてそこにはあるのだから。

それなのに　あなたは私の手から
果実だけを受け取りたいと言う。きっと
私の慎ましさがどれほどのものかを
私が隠しつづけているせいではあるまいか。
それとも　あなたの身を置いているところには
同じような果実が見当らないのだろうか。

ほとんど無数の果実、夏の日の　濃い葉蔭に
淡い赤紫いろと　同じように淡い黄緑いろとを
溶き混ぜた果実がたわわに実っているさまは
それだけで申し分のない世界そのものなのだが
私はそれをまるごと　差し出すことがいつかできるの
か。

利鎌

誰が置き忘れたのか、
黄金色の利鎌がひとつ
あの高いところの
大きな、暗い畑に
とり残されていた。
夜の農夫の立ち去ったあとには
幾つか種子が散らばって
地表でひかっていた。

ほどなく刻《とき》がきて　種子は
向う側に発芽したらしく
こちら側にみえるのは
みるみる横に張ってゆく
幾すじかの灰色の雲の根、
それもほどなく消えてゆく。

やがて　鎌の置かれていたところに
その形のままに　白く
痕が残っている。
ここからは見えていない
むこうのひろがりのなかには
どんな穀物が育つのか、
誰がそれを収穫するのか。

子どものときの

このたくさんのものが
濾過器となった私をいまも通り抜けて
言葉の並びのなかに
身を落ち着けようとしているのに
作業の手順がうまくゆかず
あれもこれも　私のなかで

犇き合っている。

あまりに奥深く蔵い込まれたせいで
記憶の弁がうまく開かず
そのために　暗がりに沈澱して
歳月経たものたち、
それは子どものときの
どんな瞬間の　空の貌なのか、
古い庭の奥の
どんな夕暮れの光なのか。

いまはもうない昔の家の
窓際に　幾つもの影の
語り合う声が聞える。
声が蒸散して　周囲の空気に溶け
空にむかって拡がってゆくので
どうやら私は安心している。
まだ目が醒めないせいで

何もかもが　ひとつに思われた
あの幼い日……

夜が砕けて

笛の音が途絶え　ふいに夜が砕けて
散らばった、
明るい時間の　其処此処に。
むこうの樹の枝間や
雨の通りの曲り角、
誰かの部屋の片隅の
テーブルの下のあたりに
それから　いたるところの
山や河、海や船のなかにも。
夜はもう自分が不要だとでも
感じたのか。そのために
昼は終り方を忘れて

眠ることもできず、
それかといって　何かを
想い出すことも叶わず、
月や星、太陽の位置さえも
憶かめるのに覚束ない。
砕けた夜を　もう一度
取り集めるには
どうしたらいいのか。
宇宙をつらぬいて
聞えていたあの笛の音を
またひびかせるには
どうしたらいいのか。

窓の外は暗く

「私たちが生きているのは
ひとつの生命だけではない」と

ふいに夢のなかで声が聞えた。
ほんとうに夢だったのか。
窓の外は暗く、すぐ傍らの屋根は
濡れているようにみえた。

それから階段を下りて
私は夜のなかに出た。
ひとつの生命が崩れて　廃墟となり
砕けた欠片のあいだから
霧雨に濡れて　小さな草の
萌え出ているのがみえた。

ふたつの声が言葉を交していた。
ひとつは幼い娘の声で
もうひとつは誰のものか、
それも聞き覚えのある
なつかしい声だった。
語られている意味は

暗くて　よくわからなかった。

それから廃墟は土のなかに沈んでいった。
どうやら自分らしいと
私にはわかった。「こんなふうに
崩れてゆくだけだよ」と声が言った。
声は誰だったのか、そして
濡れながら見ていたのは誰だったのか。

どんな葡萄酒を

桶のなかで葡萄の汁を搾り出す、
陽光と風に晒された幾つもの房から
経験の房から搾り出すときの
私たちの記憶の手のすばらしさ、
もっと先まで季節を生きるための
作業を　それとも知らずに

自らの内部で進めているのだ。

あんなにも苦く、惨めであったことが
時を経ると　どうしてこんなにも
豊熟の味わい深く想い出されるのか。
「昔はよかった」と誰かが言えば
仕事の手を休め
苦労話さえ笑みを浮べて
ひとしきりお喋りが始まる、
ほんとうは二度とそのままでは
帰ってゆきたくもない時代のことを。

そんなふうに　誰もが心のなかで
見分けてゆくのだ、
のちの日のためには何が必要かを、
年経た葡萄酒のように
すっと先の日のお祝いにそなえて。

在ること

風が吹いている。
ほどなく日が暮れようとしている。
「この地上から消えて
　もうどれほどになることか」と
誰かが風のなかで
呟く声が聞えた。
振り返れば
墓地のむこうには
低い森があるだけで
墓標も何も見えはしないのに
「ともかく一度は
　この世に在ってよかった」と
声はつづけて言った

苦しみはなかったのか、
歎きはなかったのか、
幾つもの別離がしだいに辺りを
暗くすることもなかったのか。
だが　それでも一度は
ここに在ることを
奇蹟か何かのように　声の主は
受け取っていたのか。

草地のむこうの低い森の上で
空が淡い菫いろに染まり
夕暮れはいつものとおりで
遥かな時間の彼方の風が
いま　ここに吹いている。

過ぎ去るもの

私が過ぎてのちに

なお在りつづける世界、
踏み荒らされた跡地を
巧みに片付けて
その後に　ふたたび
無数の生命を蘇らせる大地、
すぐ近くでは
月の渡りに力を藉し
遥かな奥では星雲を鏤める夜、
これらの闇や大地、世界は
どんな時間のなかにあるのか。

けれども　どんな風が
吹き過ぎていったかを
知るのは他の誰でもなく
過ぎていったものたちであり、
いまもなお在るものたちだ。

そして　自分もまた
風に搬ばれて
過ぎ去るものであることを
知っている永遠が　何もかも
目にしたすべてを忘れまいと
こうして努めているのは
それを過ぎ去るものへの
　餞《はなむけ》に整えるためでもあるのか、
過ぎてゆく世界、大地、
月や星雲のための。

いつ果てるとも知れぬ

いつ果てるとも知れぬこの争い、
いつ止むともしれぬこの殺戮、
地表に人がいて　人が土地を奪い合い
村が焼き払われ　子が連れ去られる。

自由のためにと誰かが言い
愛のためにとまた誰かが言う。
ちがう、何のためでもなく
もう村は焼かれないように
子どもは連れ去られないようにと
ひとりの母が歎きをうたう。

ただそれだけのうた、
淋しい海辺でうたわれたそのうたが
どんなふうにか風に乗って
それとも鳥の渡りに誘われて
遠い山間《やまあい》の小さな聚落にひびき
ひとりの母が同じ歎きをうたう。

ただそれだけのうた、
それぞれにべつの言葉で
地表のいたるところの
それぞれの村で　深い夜のなかで
それぞれの辛い仕事を終えた母が
同じひとつのうたをうたう。

もう村は焼かれないように
もう子どもは連れ去られないようにと。

漢江と臨津江の合流点に立って

小さな一枚のスケッチを取り出してみる。
刷毛で擦った黒いインクの滲みが
涙のあとのように　紙面に
流れとどまって　なお流れてゆく。

あれからどれほどの時が過ぎたのか、
厳しい寒さのなかで一面に凍てつき
あれほど渦巻いていた河の流れも
いまは静寂のなかに閉ざされたという。

記憶もまた　深く閉ざされて
かつての戦乱の　阿鼻叫喚も
血沫きも　いまは忘れられたかのように
夢の衣を纏っているのだろうか。

ひたすらに雪の原野を想う、鳥が一羽
荒寥とした対岸へ翔んでゆくのが幻に見える。
自由なもののように、もしかするといつでも
希望はあると伝えたいかのように。

場の記憶とは何なのか、凍土のなかに
埋もれて　なお何かが語りつがれてゆくとき、
季節が来れば　そこにも野の花は咲き
両の岸辺に人が戻って
手を振り合う日もあるのだろうか。

冬の日に

冬枯れた林のなかに
いまは地を満たす花の記憶もない。
昔　幼い子どもが歩きながら
ひびかせた笑い声も　何処か
空の涯に消えて
ただ虚ろだけが道を覆って
遥かまでひろがっている。
何処に潜んでしまったのか
何処へ赴くとも聞えることのない
かつての日の　あのやさしい言葉よ！

冬の日の沈黙のなかで　誰が教えてくれるのか、
あのやさしい言葉を？　夕べごとの紅い雲か、
それともすさまじい災害や
おそろしい抗争の数かずを通り抜けて

遠くから戻ってくる鳥たちの群か、
世界や私たち自身がこうして
ここに在ることは　解き明かしがたい
奇蹟に他ならないのだと
いま一度　私たちに告げてくれるのは？
鳥たちの囀り、夕空の薔薇と同じように。

シェイクスピアに寄せて

シェイクスピアの繊細な底意地の悪さが
いとしいオフィーリアばかりか
ハムレットまでも死に追いやったもののの
いまでは三人揃って　ヨーリックと同じ
土の下で　嘆きもせずに横たわっている。

地上に在るもの誰しもが
そんなふうだとは分っていても
芝居の作り手も　演技と知って
生きているものも　ともかく一度は
在りつづけたことが夢のようだ。

夢を見ることがなければ　ハムレットも
オフィーリアも　そればかりか
シェイクスピアも現れもせず、
そのことさえも誰も知りはしない。
宇宙もなければ　時間も空間もなく
ただ言いようのない静かさだけが
さまざまな舞台の外にはあるだろう。

この世界という夢の舞台で　私たちは
作者なのか、それとも演技者なのか、
風が吹き、私たちもまた過ぎてゆく。
何処かで　姿のないままに
オフィーリアのかぼそい唄が聞えている、
「ローズマリーの花言葉は想い出なのよ」と。

小さな白い花

その日　森のはずれの道には
どんな陽射しが注いでいたのか、
母親の傍らで　幼いおまえは小さな白い花を
ひとつだけ拾い上げ　それを乳母車の
幌の上にそっと置いたという。
明るい翳につつまれたまどろみのなかで
嬰児《みどりご》だったおまえの弟は　そのとき
かすかに笑いはしなかったか。

おまえが抓み上げたエゴノキの花の
何でもない小さな物語の綴られた手紙が
遠い異郷に赴いたおまえの父親の胸に
どれほど切ない想いを刻んだかを
おまえは憶かめる暇もなく
ほどなく足早に逝ってしまった。

それからたくさんの歳月が、
過ぎてゆき、幾つものできごとが、
何人もの人びとが過ぎていった。そして
ある日　齢老いた父親は森のはずれの道に
エゴノキの花が落ちているのを　ふと目にして
こうして想い浮べるのだ、幼いひとりの娘が
姿はないままに　そこにいて
笑みをこぼしながら　その小さな掌に
ほんとうに小さな白い花をひとつだけ載せ
それを　そっと自分のほうに差し出す仕種を。

詩集『夕暮れの虹』（二〇一五年）抄

遠いひびき

いつの間にか、たくさんの音の蓄えが
私の空洞には宿っていて
遠い峰の　夜の風の音や
何処かの岸辺で聞いた潮騒や
異郷で耳にした言葉の
意味のわからない美しいひびきが
ときどき混り合って鳴りはじめる。

それからまた　これは
麦畑のなかのシューベルトの歌曲なのか、
それともモンゴルのライ・ハスローの
馬頭琴の弦のひびきか、
何かもっと違うもの、もっと遠くて
もっと幽かな、聞えるか聞えないかの
遠いひびきが　ときどき空洞の奥から
届いてくるために　私はいつも
音の源泉を探り当ててみたくなる。

はじめてそれを聞いたのは
何処でだったのか、ずっと昔だった。
シューベルトとも馬頭琴とも違う
それでいて、ひどく懐かしい
この音は　この世の何処にもない
私の生れ故郷の泉の水音、そして
そこで水を掬って飲んでいた
あの小さな女の子のうたかもしれない、
私の母の、その母の、もっと先の母の
それも　幼かったときの……

不思議にやさしく

——Oに

末枯れて　光の乏しくなった
小さな植物園の径を辿ってゆく。
もう何かに出会うこともあるまいと
それでも　すこしずつ
歩を進めてゆくのだが、傍らに
いつからか花の香りが　仄かに
感じられているのはどうしてなのか。

散り落ちた葉の堆積の上に
わずかに枝間から洩れてくる光線は
もう生命を燃え立たせることもないのだが
老いた心だけがかすかに震えを覚える、
寒さや恐れの戦きではなく　どんな手によってか、
不思議にやさしく自分が和められるのを感じて。

周囲を見回しても　夕闇は深く
ものの影はさだかではない。
それなのに　いま穏かに心を包んで
芳香が感じられるのはどうしてなのか、
「薔薇が咲いていましたよ、私の手のなかに」と
傍らから声が語った。すでに暗がりのなか、
径のはずれで　夢の扉の開く音がした。

無数の滴が

落ちてくる、落ちてくる、
無数の滴が　落ちてくる、
あまりにも大きな傷みを負って
女も男も　齢老いた者も　幼な子も
いつ果てるとも知らず
ただ耐えなければならないせいで、

無数の滴が　落ちてくる。
否　そればかりか　すでに亡き人びとの
癒されることのない傷みが
きっと　この無数の滴を
降らせているのだ。

山がはげしく　嗚咽を洩らしているのが聞えないか、
海が不幸を歎いて　立ち騒ぐのが見えないか。
鳥や　獣や　そればかりか
数限りない樹木や　砂までもが。
落ちてくる、落ちてくる、
無数の滴が　落ちてくる。
そして　地に深く滲みてゆく、
いつの日かの　すべてのものの蘇りを
きっと　ひたすらに願いながら。

聞えるか聞えないかの

身を切られるような寒風のなか
長いひとり旅のはてに辿り着いた館には
門もなければ煖炉もなかった。
罅割れた床は茫々と枯草に覆われていた。
それでも　なかに幾つかの小さな花が……
どんな戦乱が、どんな災害が　この廃墟を
つくり出したのか。だが　あの歌の声、
崩れた天井や壁面にかすかにひびくあの歌の声は
誰のものなのか、聞えるか聞えないかの
あのかすかな生命の徴は。

館の奥に残された壁の　ずっと向こうには
雪を被った山の稜線が浮き出ていた。
声は遥かな　あの高みから届いてくるのか、
あの高みには　まだ誰かいるのか、

それともうたっているのは淡い空の青さなのか、
失われたものの哀しみを映しながらも
漸く春めいてみえる　幾つかの
想い出のような　やわらかい雲の動き、
門もなければ煖炉もない館の彼方に。

春の夕暮れ

明るくて、何処か悲しげな
春の夕暮れ、ともかくも
この冬もまた生き延びたと
窓から外を眺めれば
黄色のミモザの花の房が
ここからは聞えない風に
ざわざわと揺れている。

もっとむこうには　淡い菫色の空が
誰かの深い想いを映して
そのままに　しだいに沈んでゆく。
どんな想いなのか、その人は
何か大事なものを唐突に喪ったのかもしれない。
それとも　もしかすると
もう帰ってくることも叶わない
遥かな旅路に就こうとしているのかもしれない。
空が遠い想い出を受け止めているみたいだ。

すこしずつひろがる翳に包まれながら
ここではミモザの花がまだ揺れている。
悲しげで、幾つもの屋根を越えて
ずっと遠くまで　春の夕暮れ。

夕暮れの虹

見るともなく目を上げると

夕暮れの西の空に　淡い虹が懸っている。
ずっとむこうの　あの辺りには
微かな雨が降ったのだろうか、きっと
残照がなお射しかけているのだ。

あれは渡り鳥の群なのか、
それとも幾つにも千切れた雲の
欠片なのか、誰かが大きな紙をひろげて
その上に　文字を綴っているようにもみえる。

何の故にか、空の文字が語っているのは
静かな、深い悲しみのようでもあり、
諦めにも似た切ない愛のようでもあるが、
夜がやって来て、世界が目を閉じれば、
眠りのなかで　きっと心は癒されて
新しい朝に同意することもできるのだ、
「もう何も恐れなくていいよ」と、
夕暮れの空に消えた虹を　ふと想い出しながら。

ホタルブクロ

ほらご覧よ、おまえのよく知っている
小さな庭の　舗石のある小径の傍らに
またホタルブクロが咲いているよ。
幾つもの小さな釣鐘が並んでいるよ。
いままた　おまえの季節がやって来たのだ。
いつまでも何処かに隠れていないで
足音を近づけてきてご覧よ。

虻のぶんぶんいう唸りが
草の繁みのなかで　釣鐘に潜り込んで
もう夏が来たのだと報せているみたいだ。
空気がすこし揺れはじめた。
きっとほどなく雨になるだろう。

姿を見せないままに　まだ何処かで

遊びつづけているのだとすれば
おまえが濡れはしないかと私は心配だ。
すこし嗄れた明るい声が
空の奥のほうで　反響して
聞えているこの六月の午後。

詩集『一面の静寂』（二〇一七年）抄

すべてはそんなふうだ

春、三月から四月のはじめに、あんなにも美しく萌え出た若葉が、いまでは役割を終えて、大地に還ろうとしている。乾いて、すこし縮んで、疲れ切って。おそらく、すべてはそんなふうだ。去っていった友らのことを想う。彼らの明るい笑顔、彼女らの生真面目な誠実さ、いなくなった人たちの声が冷たい空気のなかに聞えている、何故か声だけがまだ温かそうに。

いろいろなことを考えもするが、考えつめて往き着いたところに　べつに何か目新しい真実があるわけでもない。何かを真実かどうかなどと名づけることにも特に意味があるわけではなく、それもまた所詮人の頭のなかのことだ。春から夏、秋を経て、この冬に到るまでの一枚の木の葉の営みほども説得力はない。

大切なのは私たちが世界との、あるいは宇宙との、存在するすべての他者との関係をどのように整えるかだ。在るということの不思議に応えるための、これが唯一の方法だとも思われる。意識するとしないとにかかわりなく、すべての生物、無生物がそうしているように。そして最後にあるのは同意するということだ。木の葉が大地に同意するように。

淡い陽射し、弱い雨

夜なかに強い雨の音が軒を叩いていた。
繰り返し目醒めては　また眠り、
朝になって暫くするうちに
淡い陽射しさえ洩れてきた。
庭に出ると　風が吹いてきて
またパラパラと小雨。
その所為だろうか、ふと遠い
遥かな地のことを想い、
過ぎた昔の日のことを想う。

いつもいい匂いのしていた街角のパン屋、
遥かな谿間の村のみえていた丘の上の
小さな古い礼拝堂へとつづく径、
そんな風景のなかに　もういまはいない人たちの
明るい笑顔が浮んでみえてくる。
いちばん大事な時の幾つかは
あそこにあったのかと想う。
それから何もかも過ぎてしまった。
淡い陽射しと時おりの小雨……

こんどは　いまここで何ということもない
周囲を眺めまわす。よく見慣れた部屋、
ほんのささやかな庭の佇まい、それでも

遠い旅から戻ってくれば　それが
とても懐かしく感じられたものだった、
ああ　私はまたここに還ってきたのだ　と。

そして　こんなふうにも想うのだ、
消えてしまった街角や山のなかの村や、
あの人たちの笑顔、それらがなお
記憶に宿っているのは　きっと
いま　ここに　この淡い陽射しと
微かな雨があるからだ　と。

一面の静寂

夜更けになって　いっそう激しく雪片が
舞い落ちてきたらしく、明け方に
雨戸を開けてみると、見渡すかぎり
屋根の連なりは　一様に灰白色、
ひっきりなしの雪烟が世界をかき消していた。

靄のなかから　もう一度
人影や道が現れることはあるのだろうか、
互いに交される声が戻ってくることは？
雪はなお　絶え間なく降り続け
それから　夕暮れ近くには
とうとう心の上にまで降り込んできて
堆く積り始めた。何という冷たさだ！

降りしきる雪を除《よ》ける暇もなく
ただ一面の白さに覆われて
世界と息を通わせたときの
熱かったあれこれの想いも
もう消えてしまって、あとには
夜のなかに深い静寂があるばかり、
雪はなお細かく舞い落ちてきて。

僅かなことばの他に

久しい歳月のなかで　これまでに
出会った懐かしい幾つもの顔、最期の瞬間にも
閉じられた瞼の裡に　あなたたちが
もう一度浮んでくれることはあるのだろうか。
苦しい日ばかりが多かったように思う。
耐えがたかった辛さばかりが想われてくる。
それでも傍らにいてくれた幾つもの顔、
道を辿る困難のなかで　いつも倚り添って
私を支えてくれた懐かしい顔よ、
そう　あなたも、それからあなたも……
それぞれにかけがえのない一つだった。
「大丈夫よ、わたしはいつも
　あなたの傍らにいるのだから」

何処からともなく　声が聞えてくる。
私の心を熱くふるわせる声が。それなのに
そのことの倖せを想う。それなのに
あなたたちのために　いまになって
私は何を遺すことができるのか、
このつつましい僅かなことばの他に？
木々の枝間に消えてゆくことばの他に？
あなたたちの傍らに　もう私の姿が
見えなくなったある夕べに
それでも　ふと　あなたは雲の赤らみのなかに
何かを聞いたように思う瞬間があるかもしれない。

花　梨

落葉の舞い散る晩秋の日だった。
朱いろの漿果をつけた枝が　繁みの
ところどころに突き出ている
曲りくねった斜面の小径を

森の奥深くまで辿ってゆくと　ふいに
やわらかいみどりの草地がひらけて、
一本の巨木がなかほどに聳え立ち
四方八方　枝という枝は黄金いろの
無数の果実に飾られていた。誰が
こんな祝祭を私たちに用意してくれたのか。

私たちは遥かな梢の高さにまで目をやった。
それから　こんどは足許に視線を落した。
「あら、ここにこんなに大きなのが……」
屈み込んでは拾い上げるあなたの手に
はや幾つかの花梨の実があった。「こちらにも、
ねえ、拾っておきましょうか、あとで
お描きになるんでしょう？　すこしぐらい
疵があっても大丈夫かしら？」
枝間から見える空の　底抜けの碧さ、
私たちには何もかもが申し分なかった。
小鳥たちの囀りの絶えることのない
この稀な時間がどれほどすばやく
過ぎ去ってゆくかを私たちは知っていたから。

ふたたび小径を辿り始めたとき　一瞬
背後で大きな地響きがした。
私たちは驚いて振り返った。
草の上に落ちてきたのは　いちばん
鮮やかな黄金いろの一つだった。
巨木は立ち去ろうとする私たちに
どんな合図を送って寄越したのか、
あなたはもう一度　取って返し、満足げに
森の贈り物を手にして　戻ってきた。

夜になって　私は卓の上に幾つかの
得も言われぬ芳香を並べ
ながい時間　沁みじみと灯の下で眺めていた。
森の小径の　昼間のこころよさが辺りに漂い、
やさしいあなたの心で　私をいっぱいに

充たしてくれているのが感じられた。

詩を読む声
――カヴァフィスのある詩篇に寄せて

遥かな昔　海に沈んだ都があったという。
私の内部にも深く沈んだ都があるのに、
私はときにそれを忘れてしまっていて、
もうそれがよく見えない。けれども
ふいにそこから聞えてくることがあるのだ、
遠い鐘の音やもういない人たちの話し声、
喪われた室内での　陽気な団欒の声が……
きっと私はそこにいたことがあったのだ。

たくさんのものが沈んでいった、
時間をかけて　ゆっくりと私の無限の奥底に。
それでも同じように時間をかけて　ときどき
そこからかすかな響きが立ち上ってくる、
私がいつもこの世界で耳にするのとは
べつの響きが。よく覗き込んでみれば
暗い波のずっと下のほうには　幾つかの
塔の尖端が見えることだってありそうだ。

それにまた　ときには誰かが詩を読む声が聞える。

「心に浮ぶ声、懐かしい声、
亡くなった人たちの、または亡くなったみたいに
私には見失われてしまった人たちの声、
そんな声がときとして私の内部で語っている、
私の想いのなかでときとして聞えてくる。

そして　その余韻を伴って、一瞬　蘇ってくるのだ、
私の人生のはじめての詩の響きが、
遠くに消えてゆく夜のなかの音楽のように。」

そう　きっとあれは誰かの詩を読む声だ　と
べつの誰かが私の奥深い水底で言っている。
昔　その声を聞いたことがあったのか、
まるで自分のもののように響いてくる、
私のはじめての詩を誰かが読んでいるみたいに。
それを書いたのがいつだったのか、
もう私は知らないのに、どんな灯の下で書いたのかも。

もう一度訪ねてみたいところ

この世から立ち去るまえに
まだ何処かへ行けるものならば
もう一度訪ねてみたいところ、
ジュラの山峡《やまかい》を抜けて、葡萄畑の斜面を列車が下り
ひろびろとした湖水のすぐ近くで停車したときに
きっとプラットフォームに待ちかまえていて
すこし緊張した面持ちに　それでも笑みを湛えて
あの人は私たちを迎えてくれたものだった。
けれども　もう彼はそこにいないだろう。

朝早くパリを発ったのは、三月の
霧のような細かい雨の降る日だった。
私を見つけると　すばやく傘を差しかけながら
「駅の外に車を停めてあるから、そこから
　フォンテーヌブローの森を抜けてゆくわよ」と
彼女はそう言った。あれはいつのことだったたか、
すこし老いの漂いはじめた笑顔が
それでも早春の花の色だった。
けれども　いつからか彼女の声はもう聞えない。

この世から立ち去るまえに　行けるものならば
もう一度訪ねてみたいところ、
遥かな岸辺に咲くヒナゲシの緋色が
目に染みたクレタの岩の縁か、それとも
大河の水面《みなも》に揺れる灯影の　どうしても、

忘れられないプロヴァンスの古い街の　夜の通りか、
それとも、それとも、浮んでくるたくさんの風景。

ひとりぼっちの寂寥と、陽気な友らの笑い声と。
けれども　さまざまに懐かしく想い出される
あれこれの風景を地図の上に辿ってゆくのではなく、
私がもう一度訪ねたいのは
目には見えない誰かの大きな手が抱え上げて
あのときの私の姿をそこに置いたまま　まるごと
何処へか搬び去ってしまったあそこなのだ。

一瞬　裂け目が

ときとして　超越とは拒絶の相を帯びているのかと
暗いベッドのなかで　ふと思った。
グリゾン地方の嶮しい岩山と　截り立った斜面に
辛うじて踏みとどまっていた樹木、あそこでは
凍てつく寒気に曝されて、自然もまた
生きるとはただ祈ることに他ならないのだと告げてい
た。
それからまた　オルレアンを発ってほどなくの
列車の窓からみたあの平原の上の
唐突に、異様に真っ暗になった空、
地の涯までを覆い尽して、もう光は喪われたのだと
それだけを語っているふうだった。さらには幾つもの、
なかには崩壊を思わせることもあった聖堂、
そのなかで孤独に、悲痛に祈りつづけていた人の姿、
彼女の祈りは何処かに届いたのだろうか、そして
故郷を逃れた難民たち、異郷の路傍の物乞いたち、
遠い昔の　遥かな旅の途次に出会った幾つもの光景
……
私たちは誰しも閉じ込められた囚人のようだ。
いつかそこから救い出されることがあるのかと
小さい高窓から遠い空に目をやっても

無限のひろがりもまた限りあるものだということを
すぐさま思い知らされる。私たちは誰しも
超越に問いかけるとき、否応なしに拒絶に出会うのだ。
アダムは扉の閉ざされる音に身顫いし、
エヴは門の掛けられる重いひびきを背後に聞いた。

けれども　ときとしてこの拒絶に生じる裂け目、
どうしてそこに裂け目が生じるのか、
おそらく神秘とはこの裂け目から
名づけようのない何かが私たちにまで及んでくることだ。
すべてのもののなかでもいちばん弱いものである私たちは
この裂け目が何処にあるのかを　日ごと夜ごと
拒絶の壁に探り当てようとして努力する。
言葉は何の役に立つのか、描くことは？　それとも
音楽はどうか？　他者への善行は？　ほとんど
ことが成就する望みもないと思われたとき、何故か
不意に　眼にはみえない微かな裂け目が壁の何処かに生れて
何かしら慈しみとでも呼ぶことのできる仄明りが
一瞬　私たちにまで届いてくることもあるのだ。

林のなかで

詩とは何なのかと　改めて
昨夜の想いを心に問い返しながら
林の縁の径をゆっくりと辿ってゆく。
眩いばかりの木々の芽生えが　いまは
こんなにも溢れ出てきているというのに、
私たちはあまりにも饒舌に　小賢しく
ほんの些細なことを語りすぎていはしないか。
むしろ自分を語ることなど忘れて
夢のように淡いコナラやクヌギの
呟きに耳を傾け、何処からか戻ってきて

巣作りに励んでいる番いの　小鳥たちの
喜々とした囀りに　聞き入ることだ、
世界の語りかけてくる声に聞き入ることだ。

それにしても　何なのか、この不思議な音は？
聞えるか聞えないかの　この音は？
林のなかに踏み入って　足許に視線を落せば、
倒れた朽木の　樹皮や小枝の散乱しているあたり、
生き尽して　疲れ果てた一羽の鳥の骸の傍ら、
堆く散り敷いた去年の朽葉のあいだから
地を割って伸び出た軟らかい葉に包まれて
カタクリの花が　私たちに似せてか
ほんのすこしだけ頭を傾《かし》げている。
その傍らには　穢れを知らぬ白さで
ニリンソウの幾つかが　言葉など
素知らぬふうに　あどけなく咲いている。
とすれば　いま私にまで届いてきたのは
大地の割れるひそやかな音だったのか、
それとも　沈黙の微かなひびきだったのか。

きっとそうなのだ、これらすべてが
私たちに語りかけているのだ。
それに較べれば　私たちの紡ぎだす言葉など
おそらく　何ほどのものでもないのだ。
明るい林のなかを風が吹き抜けてゆく。
私はそのそよぎを聞き取りたいと思う、
聞き取らなければならないと思う。

何処か知らない遥かなところから、きっと
過ぎ去ったものたちのなお集うところ、それればかりか
やがて訪れるものたちの在るところから、
さまざまな人生や、戦乱や災害の数かずが
かつても、これからも　搬び去り、また搬び来る
私たちの知らない歓喜や倖せ、それればかりか
苦しみや、悲しみや、孤独の歎きをさえも
伝えてくれる風の声を　この身に慥かに

受け取りたいと思う、この芽吹きのなかで、
私たち人間のものばかりとは限らない
たくさんの生物、無生物の微かな希みや
絶望の苦悶の声をも受け取りたいと思う。

私たちに語りかけてくるたくさんのことども、
芽生えたばかりの雑木林の枝間を　たったいま
吹き過ぎていった風の残した静かさのなかで
目には見えないままに　世界の無音の言伝が
まだ耀いたり、翳ったりしているのが見える。
シジュウカラのすばやい飛翔が　そのあいだを
巧みに縫ってむこうの繁みの蔭に消えた。
さまざまなものが語る　言葉のない林のなかを
何処までか　私はなお辿ってゆく……

哀悼詩　Y・Bに

I

朝から雨が降っている。
灰色の雲が頭上を覆い尽していて
遠くから何かが届いてくるのを
遮っているように思われる。

「これで終りです」とあなたは言ったのに、それが
あまりにも唐突だったので、私はまだ納得がゆかず、
あれやこれやのことを想い返しては
あなたの消息を知りたがっているみたいだ。
あなたはほんとうに不在になったのか、
それともまだ目には見えないままに
慥かな現存を保ちつづけているのか。

たっぷりと知恵の含まれた、それでいて
すこし悪戯っぽい笑みを湛えたあなたの顔が
雨の帳のむこう側から虚空に見えてくる。
つい数日まえまでだって同じように
私たちは遠く隔てられていたというのに、
空間の隔たりと今日のこの感覚とでは
何処がどう違っているというのか。

幾つものことばが谺となってひびいてくる。
それはいつも、いつもあなたから
溢れ出てくる詩のことばのひびきだった。
危機を感じながらも確信を抱いているひびきだった。
私たちのものであった危機感、同じように
私たちのものであった確信。「遥かな遠方から
あなたの背姿《うしろすがた》を見ながら、詩の道を辿りつつ」と
いつだったか　私がおそるおそる献辞を書き記したとき、
それを読みながら　あなたは言ったものだった、
「私たちはいっしょに並んで歩いているじゃないか！」
と。

雨はまだ小止みなくつづいているが、
この時代の暗さに較べれば　今日の
空を覆っているこの暗さはたいしたものではない。
ルピックの坂道をアベッスのメトロの駅に向かって
真夜中に並んで歩いたときには　世界は
途方に暮れているように思われたし、
何もかもが変ってしまうだろうと私たちは予感した。
夏の終りの夜の　寝静まった暗さだけではなかった。
けれども　あなたはそのときにも言ったのだ、
「希望をもちつづけることは私たちの義務だ」と。
あの坂道を私たちがふたたび辿ることは
ないのだろうか、だが　夢のなかでならば？
言い様もなく深い、大きな感情が
想いがけず、静かに心の底を浸している。

それが悲しみなのかどうか、ほんとうは
まだ私にはわからないのだが……
今年の梅雨入りを思わせる霧雨が
あなたの見たがっていたこの小さな庭の径の
ホタルブクロやアジサイを濡らしている。

II

パリ十八区のルピック通り、レマン湖畔の町ヴヴェ、
あるいはまたアルルの町の　あれは何処だったのか、
かつての日にオランダの画家が描いたこともある
カフェテラスの傍らだったか、あなたは
いつもゆっくりと、あるいはゆったりと
一歩一歩　自分の歩みを確かめるかのように
先へ進んでいった。だからその足許には
ことばが記されてでもゆくかのようだった。
想い出されるのは　何故かいつも夜だった。

そして　いま溢れかえるほどのさまざまな想いが
私の衷にはあるのだろうか、それとも
あるのはただ埋め尽すことのできない空虚なのか、
虚ろのような夜の賑わいのなかで
あなたがこちらを振り返って笑っているかのようだ、
「生きていて　仕事の他に何をするの?」と。

何処か虚ろの深い奥のほうから　またしても
ことばだけが響いてくる。それからまた
「私たちは地上に詩的に住まわなければならない」と
いつだったか、あなたはそんなことを言った。
そのとき　あなたの言う「詩的に」は　私たち自身と
世界との関係を誤ることなく整えることの意味だった。
その所為だろうか、あなたは詩的にこの地上から
立ち去っていってしまった、「静かに、穏かに
すべてうまく進んでいる」と低声でMに伝えながら。
あなたはもう一つの世界との　自らの関係を

誤ることなく整えたかったのだろうか。
ルピックの坂道も、レマン湖畔の夜も
もうきっとあなたの影を探し当てることが
できないだろう。それなのに虚ろのなかに
ことばだけがなお響いてくる。ことばだけが
遠くこの惑星を半周して　ここまで届いてくる。
存在ではないことばとは何なのか、それは
存在から放たれながら　いつも存在を
超えてゆくものなのか、いつまで？　何処まで？
きっとあなたは　なお何処かで問いつづけているのだ。

Ⅲ

最後の大きな旅立ちに先立って　あなたが届けてくれ
　た詩集
そこには『またしても　ともに』と標題が記されてい
　た。
そう　またしてもともに　なのだ。私たちが
ことばのなかにあなたを探し当て　心を通わせるとき、
あなたはまたしても私たちとともに在るだろう。

「無限とはひろがりではなく、深さだ。それは
あるひとつの生が　べつの生の絶対へと己れを捧げ
　て
下りてゆく場だ。それは　夜のなかで
それらの生が互いに取り合う両つの手から生れる光
　だ。」

あなたの綴った一節が声になって聞えてくる。
だからもう私はあなたをひろがりのなかに
探そうとは試みないだろう。そうではなく
深さのなかにこそ　あなたを認めることができるのだ。
何処までか私は下りてゆく、自分の衷を。
するといままで索漠とした虚ろだと思われたところが
ふいにかすかな明るみを帯びて、そこには

光の気配さえ感じられてくるのだ。

何でもないこと、たとえば琥珀色の
液状のものを同じようにグラスから
呑み干すこと、たとえば指《ゆび》さされた
同じページの文言をともに目で辿ること、

そんな些細な光景が仄かに見えてくるとき　虚ろは
新たな意味をそこに宿すことにもなるのだろう、
意味とは光だと　きっとあなたは言うかもしれない。
夜のなかの光、だがそれはまたべつの光だ、消えるこ
　とのない。

未収録詩篇（二〇一八年）

藤も山査子も

冷たい日々が過ぎ、藤も山査子も咲き終って
この夕べ　若葉が萌え立っている。
何処からやって来たのか、むこうの
樹蔭の径を　子どもが歩いてゆく。
幼くて　いかにも危うげな足取りだが、
それでも　脇目も振らず、ひたすらに
何処へか赴こうとしている、たったひとりで。
子どもの連れは何処かにいるのか。

泣くでもなく、笑うでもなく、何かを、
誰かを見つけようとしているみたいだ。
いったい　何を、誰を捜しているのか。
遠方から帰ってきた一羽の鳥が

不安そうに　子どもの肩のあたりを
そっと掠めて飛翔する。行き過ぎては
舞い戻り　また掠めてゆく、子どもの
行く手を懐かめでもしているふうに。
危うげな、覚束ない足取りだが、
一足ごとに大地を踏みしめ、
夕陽に照り映える若葉の下を　幼い影が
過ぎてゆく、燕に先導されて。そのために
頭上では　大気がすこしやすらぐ。

藤も山査子も　いまは咲き終って
ほどなく梅雨の季節になるだろう。
何処までか子どもが歩いてゆく、
たったひとりで　むこうの径を。
もうあそこまで進んでいった、いまや
繁みの翳に入ってゆこうとしている。
空がまだ崩れないうちに、遠い戦火が
まだ及んでこないうちに、大きな災害に
見舞われないうちに　迷わず往き着くがいい、
世界が夕闇に閉ざされてしまうまえに。
何かを、誰かを捜している幼い足取りよ。

オーヴェールの妖精

「あたしが教えたげる、そこで待っててね！」
繁みのなかで　声が答えたかと思うと
一本の樹からするすると下りてきて、
三メートルほどの急斜面を転げるように駈けくだり、
私たちのまえに現れたのは　肘も脛も
泥だらけの　つぶらな瞳の小妖精だった。
裸足の彼女は二歩三歩　私たちのまえを行きながら
「ここを真直ぐに上って行って、それから
　上の道に突き当ったら、左に曲がるのよ、
それからまたすこし行けば、道の右側に

ガシェのお館《うち》があるから　すぐわかるわよ。」
「ご親切に　どうも有難う！」
私の言葉をそこに残したまま、はやくも
少女はまた小山の斜面を駈け上り、
繁みのなかに姿を消していった。
何やら仲間と笑う楽しそうな声が聞えた。

いつの夏の日だったか、風が強く、
雲が幾つも渦巻いていた。あなたはほどなくの
帰国をまえに　ファン・ゴッホの終焉の地を
知っておきたいと私を誘い、無人の駅に降りると、
まずは画家の描いたあの古い教会を訪ね、それから
常緑蔦《きづた》に覆われたフィンセントとテオの墓に参り、
麦畑のなかを歩いて、ひろびろとした空を仰いだ。
「彼が描いたとおりの空だわ。ほら　あの雲も……」
私の好きなドービニー記念館に立ち寄ってから
最後にガシェの館を私たちは確かめたかったのだ。

あれからもう長い歳月が過ぎた。
薄幸な天才の画面はいつもあなたを
惹き付けて離さないから、私たちは
機会あるごとにオーヴェールの野のひろがりを
展覧会場に訪ねもした。そして　あの夏の日の
空や雲や風を語りもしたが、そんなときにいつも
想い出すのは　あの陽気で、小さな妖精のことだ。
「あたしが教えたげる、そこで待っててね！」

天使のことば

あのとき　ホールンに赴いたのは
ただ無性にオランダの海を描きたかったから。
幾艘ものヨットの繋留されている
港のへりの　遊歩道のベンチの傍らに
ふいに　幼い天使が降り立った。

私の画面を指差しては　淡碧い眼を
海のほうに向け、それから私の顔を
じっと凝視めた。光のように透明な声で
何ごとかを訴えながら、幾度も
彼女はその仕種を繰り返した。

フリルのついた白いワンピース、
紅い絹のベルトの　ブロンドの
幼い天使はとても辛抱づよかった。
けれども　私の応答の幾つかの片言は
どれも彼女の用いることばではなかった。

すこし離れて母親らしい女が
彼女もまた　辛抱づよく様子を見ていたが、
暫くののちに　幼い天使を呼び戻し、
それから　二人は立ち去っていった。私は
淋しかったのか、それとも倖せだったのか。

光のひびきだけがいつまでも残った。

鞦韆

何処か　街なかの小公園、木立の蔭で
ふいに　あなたの姿を見失ったと思った。
すでに夕暮れだったのか、それとも
もう闇が立ち籠めていたのか、足許の
小さな岩の間を流れる水の音がした。

ひとり取り残されたベンチから
見上げれば　影絵の梢のへりのあたりで
まだ遠いむこうの空のはずれが
淡く朱金色を漂わせていた。
「ほら　あの空……」と振り返って、
思わずあなたに言いかけたが、言葉は
ただ虚ろを流れてゆくだけだった。

「昔はよくここに来たのよ」と
あなたが言っていたのを想い出し、
暗がりで目を凝らすと、朧げな姿が
繁みのなかから戻ってくるのが見えた。
大きな鞦韆《ぶらんこ》を漕いででもいるのか、
見えない左右の綱をしっかりと握り、
同じように見えない横木の上に立ち、
巧みにバランスを取っているふうだった。

すぐ目の前まであなたが近づいてきたので、
嬉しさの余り、「何処に行っていたの?」と
私は抱き止めようとしたが、返事はなく、
鞦韆を巧みに操りながら、空の奥にまで
後退りして行って、あなたの姿は
夕闇のなかにまた消えてしまった。
もう会えないかもしれないと思ったとき、
「夢でもみたの？　ずっとここにいたのよ」と
あなたの声が夢の奥から聞えてきた。

私のものではない言葉を

あなたが誰なのかは知らないが、
それでも　私のものではない言葉を
あなたに伝えることができれば
どんなにかいいのにと思う、きっと深く
心を通わせることができるかとも思うから。

いつもいつも「私が、私が……」と
身を乗り出して言い立てるのではなく、
風が語り、雲や鳥が語る言葉を
そのままに受け取ることができれば
ここからは見えていない遥かな地平線の
向う側で　悲しんだり喜んだりしている、
幾つもの心の在り様を　そのままに

あなたに伝えられるのにとも思うから。

いまここに在る私たちに先立って
さまざまな経験を自らのものとして生きた
かつての日の　あなたの幸せや苦しみを想う、
それから　まだ世界が滅びないならば、
私たちののちにこの空の下にやって来て、
昔も同じように　夕映えを見上げた人が
きっと何処かにいただろうと　ふと
想い浮べるかもしれないあなたのことを想う。
そんなあなたに私のものではない言葉を
伝えることができればいいのにと思う、
ただ世界が在りつづけてくれればと願うから。

なお慈しみを……

私たちが見失ったからといって

すでに逝いた人たちを怖れたり、
怪しげな姿で想い描いたりすることの
ないようにと願いながら　かつての日の
あの人たちの慈しみが　今日の私たちの
重い悩みや苦しみにまで　なお
触れたがっているのが感じられはしないか。
遺されて在る私たちの日々が
彼らにはむしろ如何にも危うげに
見えているかもしれないと私は思うのだ。

あんなにも深く私たちの心を動かす
古代アッチカの墓碑の　数かずの
浮彫りの情景が語っているように
私たちを隔てる地上の別れは
避けがたく、切ないものではあっても、
あの人たちの心は　いつも私たちとともに
在りつづけたいと願っているのだから
見えなくなったその姿になお想いを寄せ、

懐かしみこそすれ、異形のもののように
忌み避ける必要はすこしもないのだ。

想いがけず奇蹟のように恵まれた
私たちのこの地上での日々を
よろこびばかりかその苦しみや悩みまでも
自らのものとして受け止めながら
私たちが立ち去ってゆくのは
それもまた　ほどなくのことだ。
それまで私たちが一日一日を
逝いた彼らへの想いを喪うことなく
自らの衷で　彼らから受けたかつての日の
慈しみを返してゆくならば　やがて
私たち自身　なおここに遺されたものも
すでに立ち去った彼らも　渝りなく
すべてがただ一つのひろがりのなかに
なお　ともに在ることを知るだろう。

二〇一八年　夏の終りに

ほどなく秋の訪れです。
いまや疲れ果てて　ざわざわと
むこうの木々の梢が揺れています。
長過ぎたこの夏の　激しい太陽に
幾つもの生命が渇き　灼き尽され、
大地も心も喘いでいます。

空も水も幾度となく荒れ狂い、
たくさんの都市や村落を押し流して、
破壊し、そこに堆く泥土を残した夏でした。
四季折々のよろこびを私たちに齎し、
やさしく見護ってくれていた自然が
狡賢い人為に欺かれて　心ならずも
憤りを覚えたのかもしれません。でも
無辜の人びとにはあまりに辛いことでした。

秋はどんな時間を整えているのでしょうか。

遠方の町や村では　何時止むとも知れず
砲火が炸裂し、殺戮が繰り返されています。
何ゆえの　すさまじい抗争でしょうか。
民族、国家、さらには宗教など、
どんな価値ならば　平和という名を
これほど容易に抹殺し得るのでしょうか。
瓦礫のあいだを彷徨い、親を捜し求め、
やがて飢えや寒さに死んでゆく幼い者たち、
彼らにどんな罪があるのでしょうか。

自らのものでもないこの世界を、
飽くことなく、恣に支配しようとしている
巨大な欲望は　この後にも　なお
木々の葉のように衰えて　時を自覚し、
散ってゆくことはないのでしょうか。

ほどなく季節が変ろうとしています。
地の片隅に取り残されたあそこの
深い翳のなかの　枯れた草叢に
朱と黒との縞を纏った幼虫が一匹
蝶を夢みて　這ってゆくのが見えています。
あれは何のための、誰のための徴でしょうか、
秋はどんな時間を整えているのでしょうか。

詩論・エッセイ

山深い岩間の水は
——詩についての断想

　TVの画面で、何か科学的な処理をしている数人の人物の頭や手足の動きに気を取られながら眺めているとき、ふと夏の庭で、行列をつくって蟻たちの往き交うさまを連想した。何の理由でか、どんな情報の交換のためか、彼らはときに歩を止めて、頭を突き合せ、相談する。その様子によく似ている、あるいはすこしもそれと変りないと思った。実際、私たち人間は形態においても、個体の機能においても、他の生物とそれほど異なっているわけではない。それなのに、ヒトというこの種はいつからこれほどまでに横暴になったのか。これほどの支配欲と所有欲とは何故なのか、それらは何処まで肥大してゆくのか。

　あまりにも強い集団的欲望がいまは科学という手段によって際限なく実現への道を走りつづけている。ときに走り疲れて、この集団のなかにはさまざまな歪みが生じている。脱落者をふるい落しながら。

　もし幸福や平和、あるいはよろこびや安らぎといった語が、まだ死語でないとすれば、それらがこの地上にとどまることができるのは、私たちの欲望の実現によってではない。私がいまの時代を怖れるのはそのためなのだ。何かしら、酔い痴れて、見定めもせず、破滅の深淵の縁にむかって盲目に走ってゆく姿！

　宇宙や大地や自然の真実を切り刻むのではなく、受け容れること、あるいはその真実のなかに、私たち自身が受け容れられること、それこそが大切なのだ。そして、芸術も詩も、宇宙や自然とのこの関係のなかからしか真の誕生を迎えることはできない。

*

　窮極には充実も空虚もない。瞬間も永遠もない。すべてはただ一つだ。日が照り、闇が蔽っている。宇宙のなかを風が吹く、静寂の風が。そして、よろこびや悲痛な念いが星のように鏤められている。そこは時間の停止したひろがりだ、いまと同じように。

＊

想えば自分がこの世に生を享けたということのことの不思議さ、さまざまな物質の複合体である私が、それらの物質的要素を藉り受けながら、何かを感じ取ったり、思考したりして、たんなる物質的組成以上のものをつくり出しているのだから、これはまことに奇蹟的なことだ。私の存在を一つの巣とする思考や感性の実質は何処から飛来して、何処へ飛び去ってゆこうとするのか。論理的な思考や詩的直観、日々の生活のなかの喜怒哀楽、芸術的創造行為、こうした領域は勿論、私たち人間だけのものではない。すべての生物、動物や植物にも認められるはずのものだし、たとえば岩石の結晶作用などにも、物質的組成というだけでは説明のつかないものが多すぎるほどありはしないか。

＊

ときどき詩が書ける。これはほんとうに不思議なことだ。最後の一篇が仕上がると、それが実際に自分にとっての最後のものかとさえ思ってしまう。そして、数日が過ぎる、あるいは、数週間が過ぎる。ときには、じつにすばやく数時間で…… 想ってもみなかったことばやイマージュが来るのだ。それらはたぶん、詩のエクリチュールにしか適していないものだ。知覚されるある種のものが絵画や音楽にしか適していないように。

たぶん、大気の僅かな顫えが変化したせいで、たぶん、夕暮れの空の色が淡くなったせいで…… あるいは幼い子どもの笑顔を見たせいで…… それらは世界からの、私への働きかけだ。記憶のなかから何かを取り出すということさえ——あるいは記憶の奥から現れ出てくるのだろうか——、この働きかけに触発されてのことだ。

＊

生と死とは対照をなしていないが、誕生と死もまたそうだ。さらには、出会いと別離もまたいささかも対照をなしていない。私たちは時間のなかで愛や友情を熟成させるが、そして、それ自体は不可視の性質のものであるが故に、いささかも喪われたりはしないのだが、唐突に、その対象を見喪ってしまうことがある。対象が見喪われたときに、私たちは何処までそれを追ってゆけるのか。エウリュディケをうたう心がどれだけ私たちには残っているのか。

＊

光とか夜とか、樹木とか空とか星とか、そんなものだけに私の詩の世界は支えられている。どの時代のものでもあり、誰のものでもあるそんな単純なものが私の詩の要素であることは遥かな以前からであり、私は時代の流行のようなものに関心がない（このことは現実の世界の状況に無関心だという意味ではない）。この在り様はこれからもずっと続くだろう。

名づけられなくてもそこに在るもの、おそらく私が必要としているのはそんなものだ。雲や水や石は世界の要素なのだから。そして、子どもや苦痛やよろこびもそうだ。

＊

クリスマスに光が生れるというのも、おそらく暦の上での冬至との関係だろう。太陽の光はある意味で、この世的なものだが、人がそれに特別な意味を託しているのは、この光が他の諸々のものとは異なる働きをもっているからだ。そして、同様に、夜の闇も特別な意味を託されている。それは生と死のようだろうか。

光と夜とのリズムによって生きているのはこの世界で

人間だけではない。むしろ他の生き物たちや岩石や海の波のほうが遥かに根元のリズムと一体化して生きている。人間はときとして、この本来のものに人間固有の理屈を付けて、それを価値づける。私自身としても、そんな言い方をしないわけではないが、たとえば、見えるものを通して、見えないものを見るなどと言う。それならば見えないものとは何か。

*

明るく、大きな青空がひろがっている。「十月の光」とでも呼びたくなる陽光。何かしら貴重なもののような。というのも、この光自体が時の経過とともにほどなく薄れてゆき、失われてしまうからだ。すると世界全体が褐色の翳を帯びる。

この季節は私にいつも超自然的なものの存在を想わせる。他の季節、春や夏は自然そのものが謂わば自らの内側からの迸りによって動き、また、その盛大さを誇示すると思われるのだが、秋はそうではない。そして、つぎに来る冬は沈黙の季節だ。

だが、秋はそうではない。それは自然が見えない他からの力を受けて、絶対的なものの意志に従うことを甘受する季節であり、諸々の存在に、その運命を想起させる季節だ。

*

この冬の初雪。朝、戸外に出てみたときには冷たい霙。そして、昼まえには天の花壇から白い花弁がつぎつぎに落下してくるような雪片。いま午後三時には、粉雪がとても密に舞い落ちてくる。庭の植物や舗石の上にも、近隣の家屋の屋根にも白い層ができてゆく。

いつも想うことだが、雪が降ると風景は一変する。舞い落ちてくるまでの雪の動きはバッハの音楽のようにリズミカルで、とても雄弁なのだが、それが着地すると、地上の事物のそれまでの思い思いのお喋りを沈黙させてしまう。何かしら決定的に異質なものの、垂直に近い来訪。非常に細やかで、これ以上ないほどに脆いものなのだが、それでいて、超越的な力を帯びているように感じられる。《二台のヴァイオリンのための協奏曲》（BWV一〇四三）を聴きながら、バッハの曲にもこうした雪の特徴があるのではないかとふと思った。

＊

それにも拘らず生きていることはやはり讃えられねばなるまい。

それにも拘らずというのは、この時代があまりに非人間的でもあるからだ。世界のいたるところに耐え難い悲劇が多すぎるからだ。

取り上げれば、否定的要素は限りがない。けれども、なお自分が在る限り、私は讃えることをこそ学びつづけなければならない。讃えること自体が悲劇的であると知りながら。

キスゲやオニユリやカンゾウが咲いている。それを讃えなければならない。この小さな庭のそこここで羽化した揚羽蝶が巡回訪問にやって来る。それを讃えなければならない。

＊

山深い岩間の水は誰がその水を飲むのか知らない。ただいつか水が涸れるときがあれば、その瞬間まで湧きつづける。

＊

ボヌフォワからの『誰のものでもない眠り』がほぼ二ヵ月の長旅の後に届いた（ウィリアム・ブレイク社発送）。

これを読んでますます感じるのはボヌフォワの勇気だ。あるいは決意。真実を見ようとすることの。そして、いかなる概念的なものをも、いかなる夢妄をも斥けようとすることの。彼はそこに〈詩〉を置く。そこにしか〈詩〉は在り得ないと信じている。また、彼が〈詩〉に信を置くのもそのためだ。

いまや老詩人は迷妄と同時にいかなる虚飾をも斥けようとしている。そうでありながら、なおことばを用いようとする。そして、この矛盾を生きる他はないと考えているようだ。言語の矛盾であり、生そのものの矛盾でもある。

そのことに同意しながらも、そして、いまの時代の科学技術優先の思想にたいする不信を共有しながらも、私はこの世界の美しさ、豊かさになお心を向かわせることの必要を感じている。それもまた迷妄でも夢でもないからだ。絶えず脅かされているのは、まさしくこのものだ。幼い者の笑顔を護らなければならない。

*

死というものを個体としての自分の側からみると、それはほとんど何でもないもののように思われる。一巻の映画と同じように、あるいは一定の会期のある催し物と同じように、それには始まりがあったのだから、当然終りがある。それだけのことだ。

だが、無限に近い、あるいは永遠に近い全体のひろがりのなかに、微かな一点が消滅する様態で考えると、それは途方もないことのように思われる。しかもけっして出現が繰り返されることはないのだ。それが途方もないことのように思われるのは、微かなこの一点の消滅が、ある意味で、全体のひろがりの刻一刻の消滅を、あまりにも明確な事例で訴えてくるからだ。

だがまた、それ以上に広大なものの考えられないこの全体のひろがりの刻一刻の消滅が、いささかの隙間もなく持続しているというのはどういうことなのか。総体としての関係の網目が瞬間ごとに解けては結ばれてゆく。総体とある瞬間に、私のかかわっている結び目は存在しなくなる。しかも総体は揺るぎなく維持されている。

＊

詩の言葉は哲学や他の思想分野のもののようには継承され得ない。というのも、それは存在における経験の――あるいは体験の――一回性を担うべきものだからだ。詩の領域では、個人の語の使用であろうと、その都度、新しさが当然特徴となるのであり（あたかも人生そのものが、その刻々がそうであるように）、表現の繰り返しはすぐさま陳腐に堕す。つねに求められるのはイマージュの新しさ、イデーの新しさだ（新奇なものではなくて）。刻々の、私たちの存在と世界とのかかわりの反映として。

詩の言葉が何か不可視なもの、永遠と名づけ得るものをその衷に担うとしても、この限りでのことだ。

＊

ときどき無性に旅に出たくなる。想い描くのはイタリアの何処かの春の野、あるいはクレタ島の海辺…… 花が咲いていて、明るい海が見えて、大気に芳香が満ち、私は岩の一つに坐って、眼前の風景をスケッチしている。誰か知らない人が私の手許を覗き込んで、にこやかに話しかけてくる。これまで幾度かそんな経験があったが、そんなときいつも私は幸福だ。生きていることのなかで最高に幸福だ。

＊

ショスタコーヴィッチの《二十四のプレリュードとフーガ》（作品八七）をCDで聴いている。すぐさまバッハが連想されてくる。そして、ときどき、込められている情感の点でフォーレの夜想曲も。バッハの歿後二百年を記念しての作品だから当然のようでもあるが、私たちの最寄りの時代である二十世紀中葉に、これほど内省的な作品が、しかも当時のソ連邦の芸術家によって書かれたことは大きな驚きだ。彼の幾つかの四重奏曲もそうだが……

ピアノの演奏はニコライエワ。いつだったか、彼女が来日してモーツァルトのコンチェルトを弾くのを聴いたことがあった。ロシアの田舎の学校の先生のように朴訥で、真摯な雰囲気を漂わせていたのを想い出す。

*

夜明けに夢をみた。一人の男がいて——それは私なのか、他の誰かなのか——、自分のこれまでの生涯のできごとや感想を微に入り、細に入り、余すところなく記しつづけていた。自分のようでもあり、また、作家のHのようでもあった（というのも、ノートの記述の仕方は彼の近作の一つに似ていたからだが。そして私は夢のなかでそのことを認めていた）。ところで、この詳細な記述のなかには、絶対に書き込まれることのない人生の三分の一があるというのだ。それがどんな部分なのかはわからないが、これには記述はまったく触れていないことを私は知っていた。細かく書き込まれたノートの文字を見ながら私は目が醒めた。隠しているというよりは、不断に連続していながら、自分の記憶にけっしてとどめられない人生の三分の一とは何なのか。

*

気が滅入るような冬の日。ふいに「遥かな土地、遠い時間」という言葉が浮んできた。具体的な過去の記憶ではなくて、決定的に喪われたものとして。どんなにたくさんの顔、たくさんの情景が喪われたことか！

芸術はこの喪失を超えることはできないが、それが私たちの衷に生じさせる情念を超えることはできるのかもしれない。

*

詩に現代性がなければならないという。私たちが生きているこの世界の現実と結ばれていなければならないのは当然のことであり、そこから多くの痛みを受け取ることにもなるのだ。

　けれども、これは詩がジャーナリズムの提供する情報をほとんど未消化のままに詩的言語のなかに取り込むということとはまったく別のことだ。伝えられる不幸や苦しみをも私たち自身のまなざしによって擒えなおし、内側に沈めてゆくことが必要だ。世界そのものの奥深い歎きに共感するためにも。こんな場合には、私たち自身のこれまでの経験の総体ともいうべき想像力が働く。

　あまりにも奇妙なこの時代に、詩が自閉せず、それかといってジャーナリズムをも超えられないほど惨めな在り様に甘んじるのでもなく、なお世界にむかって開かれた詩として在るために。

*

　感性が開かれていれば、世界がその魅力を顕してくれるのは事実だ。まだ弱い冬の朝の光のなかで、葉を落したマユミの裸の枝に、紅い実が二つ鮮やかな色をみせている。三つか。とても小さくて、とても紅い。
たぶん、詩の役割のひとつは、瞬間、世界が顕すこうした魅力に反応することだ。イマージュとイデーとを搬ぶことばには、それによってこの魅力をどのように反映させることができるのか。ことばがイデーやイマージュを辛うじて搬ぶことができるのは、それらが私たち人間の衷のものだからだ。おそらく。だが、現実空間としての世界に関しては、ことばは仮令どれほど僅かな断片であれ、直接にはそれを搬ぶことができない。

　とすれば、ことばに可能なのはやはり反映を宿すことだ。

*

　詩とも散文とも、散文詩とも言えないもの、ジャンル別を拒むもの。そして、過去の記憶と現在の知覚や感性が意識の領域でひとつに融け合っているようなもの、したがって、すくなくともエクリチュールとしての限りでは、時間をも空間をも超えているもの、あるいは自由に往き来しているもの、そんなテクストが実現できたらと思う。

＊

詩に関していえば、それを受け取る者が外側から鑑賞して、良いと判断する作品がすぐれているとは思えない。ずっと若い頃にリルケやヘッセを読み、しばしば自分のことがそこには詩われているように感じられたものだ。つまり、根元的なところでの同意だ。言葉に託されている情感、というよりはやはり経験であるものが、私自身の裏に同種のものを喚び起すからだ。ということは、詩人の個別の経験であるものが深められて、何かしら根元的な地層にまで達しているからだ。

そのことがなければ、ほんとうに良い詩だとは思えないし、また、ほんとうの意味で詩を読むという行為も存在しない。

＊

外では季節が変り、数日雨が降ったそのあとは真夏の暑さだ。植物たちの変容もおそろしい速さだ。美しい花を咲かせたあとで、もう今年はそんな目のための愉しみをもたらしはしないだろう。だが、よく見れば、はやくもミモザの新芽の伸びた先には、来年咲く花の房の最初の兆しがうかがわれる。かすかな、とても小さなみどり色の粒だが、それははっきりと私たちに約束を示してくれている。

ノートを見れば、ミモザが今年咲いたのは三月上旬のことだ。とすれば、何という辛抱強い、入念な準備期間かと思う。

＊

庭の植物に朝の水灌り、それから花殻摘み、小さな害虫の駆除、傾いた植物に支柱を立てる。鉢いっぱいに育った株を一回り大きな鉢に植え替える。こうしたことで、ほんの小さな庭なのに、二時間近くも費やす。そのあいだに幾つもの発見。

実際、何でもないことのなかで一日ずつを過している。だが、これはたいしたことなのだとも思う。世界、もしくは宇宙が存在するということ、その、いちばん目立たない片隅に野薔薇が咲いていて、それを現にいま私が目にしているということ、刻々、その瞬間は遠ざかってゆくのに、自分が無数の些細なものたちとその瞬間を共有しているということ、これはたいしたことなのだ。

いずれもっと時が経てば、私は存在しなくなる。だが、そのときにも夥しい数の存在や事物の相互間で、同様のことは生じている。生じつづけている。実際、これはたいしたことなのだ。

*

このところ考えていること、人が造り出す美について。その顕著な例として、大聖堂やモスクなどがあり、また、それらを飾っている壁画やヴィトロー、モザイクなどがあれこれ想い浮ぶ。また、グルックやモーツァルトがいろいろな作品のなかに鏤めている笛のメロディーなども、心の顫えを誘うほどに美しい。建築、絵画、彫刻、音楽など、数えきれないほどたくさんの美しいものがある（言葉によるものは、美しさという点では、それらよりもすこし劣るかもしれない）。

だが、人の手によるのではない無数の美しいものがある。空にせよ、海にせよ、植物や岩石にせよ、それぞれに言い様もなく美しい。造化の妙というが、誰が造ったのでもなく、自然の存在そのものが美しい。

それ自体としていえば、人間はおそらく貧しく、見苦しいものの一つだ。とりわけいわゆる創造行為の場において、他人への羨望や競争心、僻みや、失望、挫折、さまざまな心の葛藤に苛まれている。それなのに、造り出されるものが、何故そんなにも目を瞠るほどに美しいのか。ほとんどの場合、すこしも卓越した人格など想定できないのに、その手の生み出すものが、そんなにも素晴らしいのは何故なのか。

＊

「もう充分です」と日毎私は言いたい気もちになる。この長い歳月のなかで、たくさんのことを経験した。広大無辺の宇宙のなかで塵のような一点、それが私の存在であり、その塵はただ一瞬きらめく。あとには何も残らない。だが、それですでに充分ではないか。それが一瞬きらめいたことの事実は宇宙そのものの存在という事実に等しく、否定しがたいことであり、私個人とすれば、この一瞬のきらめきのなかで、愛し、悩み、苦しみ、幸福を味わい、詩を書き、絵を描き、音楽をたのしんだ。よい人に出会い、よいものに出会いもした。もっと何かを私は望むべきだろうか。

＊

時代を支配し、先導するかと思われた概念的思考による諸々の構築物が立ち現れてはつぎつぎに崩壊していった。それは肥大化する人間の欲望ともっぱら効率本位の技術の発展とに支えられた現代産業社会の変容のスピードに、それらが対応しきれなかったためというよりは、現実のものである存在や事物をその思考の基軸とすることをあまりにも蔑ろにしてきたためではあるまいか。

宇宙の万物のまえに謙虚である姿勢をもう一度取り戻したい。

身を屈めて、庭の草抜きをしながら、自然の息吹に触れて、そんなことを考えた。

＊

晴れていて暑い。三十度を超えている気温は残暑というには厳しすぎる。ただ夏のつづきは昼間だけのことで、陽が落ちると秋の虫が鳴きはじめる。個体としての寿命は短いのに、種はどんなふうに残ってゆくのか。存在するもののすべてがそんなふうだ。おそらく一切はいつからかの宇宙のはじまり以来の、途切れることのない変容を生きているのだ。宇宙の全体はまるでスピノザの歌のようだ。

　だが、もう一方で、つねに脅かされ、消滅してゆく個別の存在の悲哀、シリアでの争いはいつ終るのか。（あるいは世界の他の多くのところでは？）毎日、幼いたくさんの子どもが死んでゆく。体制派にも反体制派にも、どの宗派にも、幼い生命を奪う権利などないのに。

　そして、またしても、中国奥地で大きな地震。幾つもの村落の崩壊。

　二十世紀は悲しい世紀だったが、二十一世紀はさらに悪い。人間の社会は品位というものをかなぐり捨てて、欲望のままに動いているようにみえる。

　そんななかで、詩は何を護ることができるのか、あるいは、何であり得るのか。人間は詩に希望を繋ぎとめることができるのか。

限りなく微小なるもの

連続なのか、あるいは断続なのか、他のすべての感覚器官が働きを中止している状態のなかで、聴覚だけを充分に開いて、とどいてくるものをその速さに合せて受け取ってゆく。あるいは、ひびいてくる音の高低に、ほとんど自らリズムとなって、穏かな、見えない波の動きのままに搬はれてゆくということかもしれない。何というやすらぎであり、何という深い静かさであることか！

どれほどの持続なのか、それはたぶん数分のことなのか、それとも十数分か、とても時間などとは呼べないあいだの、おそろしく緊密な持続でもあるように感じられる。それでいて、波に搬ばれてゆく私の意識の、それも意識などとは呼べないほどに稀薄な、しかもなお緊密な何ものかのなかに、軽い波頭に似て、浮んでは消えてゆくもの、さまざまな変転の色合いを帯びて、音の連なりとはまたべつの、ほとんど限りないほどの持続が重なり合ってくる、波の上に波が覆いかぶさるときのように。

これまで自分が経てきた久しい人生の、無数の静かなよろこびや、どのようにしてかこの持続のなかにあっては浄化されてゆく苦痛や悲哀の影たち、それらが浮き上がってきてはまた消えてゆく、波頭のように、朧げに、ときどきはまたさまざまな輪郭を描いて、凪の水面のわずかな波のうねりのままに。

ピアノの音に喚び醒まされて、何処かに蓄えられていた過去と呼ばれるおぐらい記憶の底から、一瞬だけ現れたかに感じられるもの、それは私自身のものなのか、それとも数限りなく音符を連ねてゆくものの情感なのか、そして、それは作曲者のものか、演奏者のものか、何もわからない。すべてはおそらくただひとつの不可分の全体なのかもしれない。微妙な音の連続、リズムを搬んでゆく音の、けっして度はずれることのない高低……　いかにも自然でありながら、穏かに制御されて。
　ぼんやりとした意識がかすかに問う、練達の指が空間に解き放ってゆくそのひびき、これは何なのか、と。それがやがて終ろうとする予感に顫えているのが感じられてくる、たぶん、私の〈心〉と呼ばれているものを随えて……　いまやほとんど終ろうとしている。

　そして、唐突に沈黙がやって来る。だが、意識はまだ退いていった波に擒えられたままで、なおもたゆたいながら、自らは身動きしようとはしない。あるいは、身動きすることも適わないのだ。いま、終ったのだとそれから徐《おもむろ》に気がつく。ほんとうは終ってはいけなかったのに、と。またしてもぼんやりとした意識が愛惜を込めて、悔恨のように想い返す。

　持続と沈黙とを隔てるこの一瞬、それはたぶん「一瞬」とも呼べないものだ。そう、まさしくこれこそは限りなく微小なるものなのかもしれない。慥かに、なお残って、しだいに遠退いてゆくひびきを止めるために、演奏者がペダルを踏む行為にたいしては、「一瞬」という間の名指しが可能だとは思う。だが、ひびきの在と不在との継ぎ目を「一瞬」と呼ぶことはできないのではあるまいか。
　やがて自分に還ってそんなことを想う。ベートーヴェンの最後のハ短調ピアノ・ソナタの、最後の楽章の、最後の音が沈黙のなかにたったいま消えていってしまった、と。〈Arietta: Adagio molto semplice e cantabile〉と指示されているあの部分だ。それが何処へか、もう失われてしまったのだ。消えていったのは、聞き手であった私の心の奥深いところにであろうか、それとも、これもまた、私がかつて「宇宙の記憶」と名づけたことのあるあの領域にであろうか。

　何かが終るということは、それまでそれが在りつづけていたこととどのように隔てられているのだろうか。それまで明らかに見えていたものが唐突に消えてなくなったときの、その切れ目——あるいはそれは異なるふたつの境域の「継ぎ目」なのかもしれないが、——それを「瞬間」と呼ぶことはできるのだろうか。何ものかの〈現存〉から〈不在〉へのこうした転換の、その切断を「一瞬」という呼び方で計ることは矢張りできないような気がする。

そんなことを考えていると、これとよく似たべつの機会の想い出が私の心をよぎってゆく。

自分自身、これまでに久しい歳月を生きてきたから、幾つもの、かけがえのない微笑がこの地上世界から消えてしまったことを想い出すのだ。最後の「瞬間」には、あの人は、病床で、おそらく苦痛を覚えながらだが、それでもかすかに言いようのない明るさを表情に浮べて、こちらにむかって何か小さな合図を送り、それからもう何も言わず、何も示さなくなった。苦痛を超えたときの、安堵にも似た静かな明るさだけを残して。傍らで、白衣を纏った誰かがひとつの人生の終ったことを報せるために、その時刻を正確に「何時何分でした」と是非とも必要な儀式のように厳かに低声で私たちにむかって宣告する。

病んでいた人の意識は外に伝えられることがないままでも、あの存在のなかで、いつまで持続していたのだろうか、その朧な最後の持続のなかには、どんなイマージュが、どんな想いが浮んでは消えていったのだろうか。その意識は過ぎ去った涯しない時間を何処まで溯っていたのだろうか。そんなことを想う。

そして、唐突に、夢なのか、まぼろしなのか、そのすべてが何処か他のところにきっと搬ばれていってしまったのだ。私たちのまだ知らない他の何処かへ。おそらく、あの人は限りなく微小な一点を通過して、限りなく広大なひろがりへと解き放たれていったのだ。そして、また自分の知らない何処かがどんなひろがりであるのかを、ほどなく私自身も知ることになるだろう。

ずっと昔、若い頃に読んだ一人の詩人の詩の一節が想い出される、——

わが死とは
あの広い　光の海へ帆を上げてゆく
一つの影を見送りながら
その影とともに　波の奥へと消えること。

（片山敏彦「わが生とは」）

*

窓の外では雪が降っている。

誰しもそうなのかもしれないが、雪が降り始めると、世界がすっかり変ってしまうように、子どもの頃からいつも感じていた。冷たい窓ガラスに鼻を押し付けるようにして、外の様子を眺めていると、重い灰色に閉ざされた空が千切れて、ひらひらと舞いながら落ちてくるように思ったものだ。ときには疎らに、また、ときにはひどく緻密に。そして、ずっと上のほうでは何かしら黝ずんだ塵のように見えるのだが、地上の樹木や建物の壁の傍らを斜めによぎって下りてくる頃には、それはもうどんな色ももたず、ただひたすら真っ白に沈黙を守っているのが不思議だった。

ときに速度を速めて、また、ときには緩慢に、あまり急いで地上に落下してしまうのを嫌がってでもいるかのように、すこし後戻りするみたいに舞い上がっては、郷愁を断ち切るように断念して、静かに着地する。するともう、そのひとひらはすでに地表を覆いはじめた白い層の上で、どんなふうに自己主張することもなく、ひろがりの一部となって、つぎつぎに降りてくる白い雪片をただ待ち迎えることになるのだ。

個別の雪片であるのは、空から離れて着地するまでのほんの僅かなあいだのことなのだ。風に煽られたり、塒に急ぐ鳥の飛翔とぶつかりそうになったりする。樹の枝を掠めて落ちてくるもの、その枝の上にとどまって、真冬の、思いも寄らぬ花ざかりを描き出そうとするもの。雪片がかたちを失って、雪原の一部となってゆく。

窓を開けて、舞い降りてくるひとひらを掌の上に受けてみる。雪片は、それこそ一瞬だけ、この世ならぬものの伝言をそこに置くと、はやくも姿を消してゆく。残っているのはわずかばかりの水だけだ。何とすばやく〈現存〉から〈不在〉へと移行してゆくことか！　まるで私たち自身の存在のようではないか！　そして、個別の存在が落ちてゆく先は何かしら絶対の静寂、あるいは沈黙のなかかもしれないと、ふと、ひとりの詩人の詩句を想い浮べる。絶えず存在と死とのかかわりをうたいつづけたあのシュペルヴィエルの詩集『世界の寓話』のなかの「よき見張り」の最後の部分だ。

けれども　沈黙はぼくら自身よりもよくぼくらのことを知っている。
ぼくらが生あるものにすぎないことを彼は心ひそかに憐れんでいる。
いつも滅びようとしている、脆いぼくらを彼は愛している。
なぜなら　ぼくらは遂には沈黙の子どもになるのだから。

彼は孤独な星の歎きについてもうたっている。ところで、雪のひとひらと大空に散らばっている無数の星のひとつとでは、どちらがよりいっそう果敢ないものなのだろうか。物理的な時間の尺度が意味をもつのは、どんな感覚にたいしてのことなのか。もし宇宙にもその誕生があったのならば、宇宙の寿命とはどれほどのものなのか。
詩人の口を藉りて、星が寂しげに呟くのが聞えはしないか、――「私は一筋の糸の端で顫えている。誰も私のことを想わなければ、私は存在しなくなるのだから」と。シュペルヴィエルの詩集『未知の友ら』に収められている詩篇「囲まれた住処」のなかの、この詩句が私は好きだ。ありとある存在すべてがそんなふうに顫えているのが感じられるからだ。だから、この星の顫えをそのまま私は自分の心のもののように感じるのだ。
それから、こんどはあの雪の詩人の幾つかの詩篇を想い出す。書棚から取り出したのはボヌフォワの『雪のはじまりと終り』のごく薄い一冊だ。ページを開くと、こんな詩篇に出会う。そして、私はつい今さっきの自分があの掌の感触をそのページの上に置いたのではないかと疑いたくもなるのだ。

わずかな水

私の手のひらに
舞い落ちるこの雪片に、私は
永遠を保証したいと思うのだ、
自分の生を、自分の熱を、
自分の過去を、目下のこれらの日々を
ただの一瞬、涯しないこの一瞬に変えることで。

だが　はやくも
わずかな水があるばかりで、それも失われてゆく、
雪のなかを往くものたちの靄のなかで。

さらにまた、もうすこし先のページでは、詩人はこんなふうに自分の雪の日の印象を悪戯っぽくうたってみせている。彼にとっても、雪は私たちの現実の世界に何かしら日常的でないものをもたらしてくれるように感じられているのだ。

庭

雪が降っている。
舞い落ちる雪の下で　扉が
開かれる　ついに
世界以上のものの庭へと。

私は進み入る。だが　私の襟巻が
錆びた鉄柵に引っ掛かり
そのために　私の衷で
夢の生地が裂ける。

実際、詩人たちの抱くイマージュは何と多様で、豊かな感性に裏づけられていることかと私は感嘆する。彼らはこの地上的現実でのさまざまな経験から紡ぎ出した想像力の糸で織られた夢の生地を自らの衷に数限りなく蓄えていて、折あるごとに、それらを私たちのまえに展げてみせてくれるのだ。

窓の外で雪は相変らず降りつづいている。明日の朝には、すべての事物は、道も屋根も遠方の樹々も白一色の覆い布につつまれて、すべてはただひとつの全体に他ならないのだということを私たちに想い出させてくれるだろう。この上なく微小なものの夥しい集積が、絶対の沈黙が、個別の、すべての存在を覆いつつんでゆく。

詩人論

清水茂詩人の詩世界

存在と時間――「有限性」を超える肯定と希望の詩学

権　宅明

清水茂詩人は創作と評論をともにしながら、日本の代表的な詩人団体の中の一つである「日本詩人クラブ」の会長を歴任した、著名な元老詩人である。また名門早稲田大学の名誉教授である仏文学者で、数回の個展を開いた西洋画家であり、音楽にもまた造詣の深い、卓越した芸術人である。それに日本の詩壇の中で、温厚な人柄としても尊敬を受けている、代表的な知性である。

この度、韓国語翻訳詩集出版のために、特別に自選して送られた百篇の詩篇は、古今東西の芸術と人生全般を合わせる、詩人の識見と感性が、八十年を超える人生経験とともに、大変深くて広い層位に深化・拡大されているることを見せる精髄である。生涯に亘って熾烈に芸術と文学、詩の創作に取り組んできた詩人の、深い内面で形成された、心魂の結晶体と言っても過言ではないだろう。

翻訳のために彼の詩篇を数回に亘って入念に読み上げた後、筆者の脳裏に浮かんだのは、アンドレ・ジードの『狭き門』に出て来る一節であった。読んでから久しいので、確認のために再び探してみたその一節は、次のようになっていた。女主人公のアリサが互いに哀切な恋心を抱いている、詩を書く従弟のゼロムに送る手紙の中の一節である。「〝偉大な詩人〟ということばは何の意味もないのよ。〝純粋な詩人〟であること、それが大切なんだから。」(『狭き門』、一〇四頁、アンドレ・ジード、呉ヒョンウ訳、文芸出版社、二〇一四)

勿論、このことは清水茂詩人が「偉大な詩人」ではないという意味ではない。筆者の思いは「純粋な詩人」という言葉にある。このときの「純粋」とは「真実」と類義語であり、これは清水詩人の作品によく登場する、「子ども」という語彙とも関わるものであって、この詩集の序文で次のように記している、彼の詩精神とも脈絡が繋がっているものである。
一言で、詩人の詩作態度と詩に対する観点、そして彼が専心する詩の世界を要約して見せるものだと言える。

　詩人とは専ら「人間的真実」に関わることをこそ、その責務とする存在であるからです。そして、この「真実」はさまざまな民族や言語、文化や宗教、あるいは生活習慣の相違などを超えて、私たちを協調と諧和へ導くものでもあると信じられます。こんにちの世界には、あまりにも多くの葛藤や抗争があり、不幸や悲惨の絶えることがありませんが、それでもなお、どれほど微かなものであろうと、希望の兆しを詩の言葉のなかに探しつづけてゆきたいと思います。

「詩人とは専ら〝人間的真実〟に関わることをこそ、その責務とする」ということばは、詩が本質的に人間とその根源に関わるものであり、それはまた誇張や虚偽、歪曲や変質のない真実な状態、すなわち純粋さとか純然たることと繋がるものでなければならないという見解として見受けられる。言い換えれば、孔子が詩について触れた、「考えが正しいので邪悪なものがないこと（思無邪）」であり、存在の本質や根源、または認識と繋がるものでなければならないということになるだろう。こういう訳で、清水茂詩人の詩を読み終えたら、澄んでいる深い瞳を持った、哲学者とも似ている無垢の求心的詩人、または絶対者の前に立っている、謙遜な求道者の姿が連想される。
　彼のこのような姿が実際の作品で表現される様相を見ることにする。

ときどき　私は想うのだ、／私の知らない何と多くのものが／それとなく私を支えていることか　と。／そしてまた とてつもなく遠くから／宇宙の向こうの涯から　自分が辿ってきた／旅路の長さを想う、もう自分では／想い出すこともかなわぬ多くのものの／計り知れないほどの経験の数かずを／いま　ここにまで携えて。

ちっぽけなこの私が　自分の両手で／取り込んで蓄えただけの記憶など／おそらく　何ほどのものでもないのだが／それでもよく見れば　そこには／いちばん遠くの星の欠片の／呼吸のリズムの　不思議な煌きが／うかがわれもするのだ、自分では／もうそれを何処で身に帯びたかもわからないままに。

「ときどき　私は想う」全文

自身の内面を凝視しながら、現存とその根源を想い深める、存在論的な認識を表している作品である。繰り返して表れる「想う（思う）」という単語は、この詩集の多数の作品から発見されるが、人間と事物、宇宙と自然、動植物などあらゆる存在自体、または存在の原点と始原に向ける、詩人の視線を導き出す語句である。従って、ただ単純な想いではなく、絶え間ない探求であり、存在の奥底に辿り着こうとする思索や、持続的な反芻の深い意味を持つものである。


詩人自身がちっぽけな者であるという謙遜な表現とともに、そのような詩人が、両手で取り込んで蓄えただけの生の記憶などは、おそらく何ほどのものでもないのだが、それらをよく見れば、そこには、いちばん遠くの星の欠片の呼吸のリズムからくる、不思議な煌きがうかがわれもするのだ、と書いている。タイトルから、ややもすれば抽象的・観念的に流れやすい作品の流れを、具体的な心象で堅固に捉えている。抽象と具象、観念と実体の均衡を取る、詩的形象化の卓越さが読み取れる。

このような存在論的な土台の上で、執拗に現存または実存を掘り下げる詩人の姿勢は、「ときどき思う、どうして　私はここにいるのだろうか、と。はじめから私がいなくても　誰も驚きはしなかった。そこに　虚ろがあるわけでもなかった。まるで穏かな水面のようだ。」とある、「穏かな水面のように」や、「今朝　私は不審に思うのだ、私たちの身を置いているこの世界は　どうしてこんなにも小さくて、そこに生起するすべてのものの在り様はこんなにも遽しいのか　と。」という、「今朝　私は不審に思う」などの作品で、より明確に表れてもいる。

「想い」すなわち思考は、詩人が世と世界を認識する糸口であるが、清水茂詩人の場合、まず詩人自身の存在に対する凝視と認識から始まって、近い事物や自然などにそのアングルと外延が、拡大されていることも、注目に値する。また詩的方法論上で見るとき、清水詩人は多数の詩篇で、不断な質問者の姿勢を堅持しているが、このような詩人のポーズは、彼のアプローチ方式が、「慎重さ」または対象に対する畏敬を含めた「謙遜さ」に土台が置かれてあるからだろうと解釈できる。

多数の作品で「かすかな」、「いくつか」などの修飾語が頻繁に登場するのと、数字の場合にも「一つ」または「数個」など、少量の表現がよく使われているのもやはり、詩人のこのような姿勢と無関係ではないように思われる。質問形でない叙述形の作品でも、先知者や先覚者然とするゼスチャーがないという点から、前述したような、詩人の「純粋（真実）性」が目立っている。

詩を通して存在と生の真実に近づこうとする詩人の視線が、よく表れている作品を二篇読んでみることにする。

風が吹いている。／ほどなく日が暮れようとしている。／「この地上から消えて／もうどれほどになることか」と／誰かが風のなかで／呟く声が聞えた。／振り返れば／墓地のむこうには／低い森があるだけで／墓標も何も見えはしないのに／「ともかく一度は／この世に在ってよかった」と／声はつづけて言った。

苦しみはなかったのか、／歎きはなかったのか、／幾つもの別離がしだいに辺りを／暗くすることもなかったのか。／だが　それでも一度は／ここに在ることを／奇蹟か何かのように　声の主は／受け取っていたのか。／それはよろこびだったのか。

草地のむこうの低い森の上で／空が淡い菫いろに染まり／夕暮れはいつものとおりで／遥かな時間の彼方の風が／いま　ここに吹いている。

「在ること」全文

私が過ぎてのちに／なお在りつづける世界、／踏み荒らされた跡地を／巧みに片付けて／その後に　ふたたび／無数の生命を蘇らせる大地、／すぐ近くでは／月の渡りに力を藉し／遥かな奥では星雲を鏤める夜、／これらの闇や大地、世界は／どんな時間のなかにあるのか。
けれども　どんな風が／吹き過ぎていったかを／知るのは他の誰でもなく／過ぎていったものたちであり、／いまもなお在るものたちだ。
そして　自分もまた／風に搬ばれて／過ぎ去るものであることを／知っている永遠が　何もかも／目にしたすべてを忘れまいと／こうして努めているのは／それを過ぎ去るものへの／餞《はなむけ》に整えるためでもあるのか、／過ぎてゆく世界、大地、／月や星雲のための。

「過ぎ去るもの」全文

「在ること」と「過ぎ去るもの」で、タイトルは異にしてあるが、実は、在ることは結局過ぎ去るものであり、その対象が過ぎ去っても、なおこの地上には残っているものがあるという、循環的な視角を表している。清水茂詩人の詩の核心テーマの中の一つである、存在の現存と不在、消滅と生成、そしてその間に置かれている、夢や幻想、愛までが一つに束ねられて、深い響きとして近づいてくる。

　また、墓地と森、草地、空、菫、夕暮れ、月、星雲、風のような具体的で客観的相関物らが、抽象的な概念と陳述のバランスを取り、詩語と詩語の間の緊張感を称揚することにより、究極的に作品の完成度を高めている点は、前で触れたように、清水詩人の細心な詩的テクニックである。

　一方、詩人がよく呼び出す「風」という存在が、内向的で観照的な雰囲気を持つ、この二篇の作品の流れの中で、動的な刺激や変化の力を加えるもの、または存在の不安定を誘導したり象徴する媒介体として、詩的展開の転換点を提供する役割をしている点にも、注目する価値があるだろう。

このような、存在の本質あるいは根源に対する、詩人の粘り強い探索は、大部分「時間」の流れと関わっているものである。人間は、時間と空間の制約から逃げられないという宿命を持っている存在であるので、ハイデッガーを持ち出すまでもなく「存在」と「時間」は、人間の重要な関心事であり、詩人には、より一層見逃すことのできないテーマである。特に「人間的真実」に深く届くことを希求する清水詩人の作品の中に、多くの季節を表す作品とともに、「瞬間」や「時間」、「歳月」、「刻一刻」、「昨日」、「今日」、「永遠」などの時間と関わる言語がよく表れるのは、自然的なことであろう。

まず二篇の作品を見ることにする。

昨日の雲はどうしてあんなに急ぎ足で／西にむかって逃げていったのか、／そのまわりをひとしきり／旋回していた黒い、無数の点も／何処へか消えてなくなったあとの／まだ夕闇にすっかりは閉ざされていない／あのとき、雲はまるで／時間に怯えたかのように／淡い薔薇いろから金いろへ／やがて深いむらさきへと／己れを隠し、己れを変容させながら／すでに暗くなった聚落の上のほうを／もっと暗い森のずっと上へと／しきりに走り去っていった、／立ち止っていたりすれば、時間に／捉えられてしまうとでも言いたげに。

それから　もう何もなくなった。／何もかも追い払って／時間はそこに残った世界をすっぽりと／黒い布で覆い包んでしまった。けれども／布には無数の穴が開いていて／なにか時間の裏側からの／合図のようなものが／とても遠くにだが　慥かに見えていた。／消えてしまったものがあるときには／かすかに現れてくるものがあることを／伝えたいためだったのだろうか。

「昨日の雲」全文

誰のために　何のために／私は書いているのか。／まるで消滅に抗うかのように／言葉を綴ってゆく。だが　それならば何かを／ほんとうにとどめ得たのか。／在るという行為はそのままに／搬び去られることへの異議申し立てだ。

ほんとうに書くべきこと、／それはこれらすべてのものの／申し立てに耳を傾けることだ。／夏の終りの庭に揚羽蝶が飛んでいる。

遊び疲れた子どもは卓に凭れて／うとうとしている、ほどなく夕暮れだ。／昔に変らず　空は懸命に／明日を搬びつづけている。

きっと　ほんとうに書くべきことなど／何もないのだ。在るということの／解きがたい不思議を超えるものは／何もないのだから。それでも

空に流れる朱金いろの一刷毛のように／白い紙の上に文字を列ねる、／文字は蝶の翅に似ているだろうか、／子どもが夢のなかで笑っている。

「夕暮れに」全文

やはり、清水詩人の詩の中で頻繁に登場する述語である、「消え去ってゆく（消え去る）」や「落ちる（落下する）」（この他にも「帰ってゆく」、「搬ばれてゆく」などの類似の述語が使われている）が交差しながら、意味の変奏をしている。合わせて、揚羽蝶、子ども、空、蝶の翅などの具体的事物らが、連結の輪になって、抽象的な詩の流れに緊張度を与える詩的技法も、同じく駆使されている。

雲や夕暮れ、黄昏などの語彙も、清水詩人がよく使う措辞であるが、すべてが時間の流れと密接な関係のあるもので、存在の恒久性を否認させるものである。落ちて、消え去っていくのは、死と消滅を意味する。人間を始めとした森羅万象が、このような「有限性」を持った存在であるという点を、自覚させるのである。ただ、清水詩人の場合、この自覚がときに暗く虚ろなものであるとは認識するが、悲嘆や絶望までは下がらない点が、彼の特徴的な世界（この「世界」という言葉も、詩の中によく表れている）認識であると言える。

むしろ、「消えてしまったものがあるときには／かすかに現れてくるものがあることを／伝えたいためだろうか。」とか、「昔に変らず　空は懸命に／明日を搬びつづけている」という、未来指向的な姿勢を見せ、「子どもが夢のなかで笑っている」という、肯定性を表している。特に「秋」という作品では、秋の敬虔な雰囲気を表現しながら、「根元のものへと還ってゆくまえの／こんな時間には／慥かな、大きな肯定に包まれたいと／願っているのかもしれない」と言って、「大きな」という修飾語を通して、肯定性の頂点を見せてもいる。

また、「闇のなかに疲れた身を横たえ／眠りを待ちながらふと想う、／ここにではなくても／この大きな空虚の何処かに／ひそかによろこびが生れ出ようとすれば／そのために　これはもう空虚ではなくて／意味を帯びたひとつの世界なのだ　と」とある、「この空虚の何処かに」のような作品からも、空虚（虚無）と不在を超えて、肯定的な意味を探し出す、詩人の一貫とした視線を、確認することができる。これは、存在と生に対する彼の究極的な思念の体系が、肯定と希望で成されていることから、表出されるのであろう。

詩人がこのように、存在と時間に対する肯定に土台を置いた、詩的現実を創り出しているのは、自身を始めとしたこの宇宙に存在するあらゆるものを、「不思議（神秘）」と見る認識と関わる（例えば、「世界や私たち自身がこうしてここに在ることは、解き明しがたい奇蹟に他ならないのだ」と言う、「冬の日に」などの作品がよい例である）。このような彼の詩的指向性を、この詩集の序文では、下記のように記してもいる。

詩作という営みを通じて、存在の、窮極的な肯定へと至りつきたいと願っております。何故ならば、存在とは解きがたい謎であり、奇蹟であると思われるからです。実際、この宇宙が存在し、そして、現に私たちが、あなたが、私が存在するということ、これほど自明でありながら、これほど驚くべきことは私には他に考えられません。はじめから宇宙が存在せず、私がいなかったとしても、おそらく誰も不思議には思わなかったでしょう。そこには何もないのですから。しかし、それが現に在るではないかということ、この不思議を問い続けることが、いつからか、私にとって、世界の深みへ言葉の錘を沈める作業となってまいりました。

なお、清水詩人は、昨年日本で『詩と呼ばれる希望』というタイトルの詩論集を刊行しているが、収録された文の中に、特に人間が避けられない、死を含めた「有限性」について語りながら、古来、哲学や宗教が、この「有限性」を回避する手立てをさまざまに考えてもきたのだけれど、おそらくそれで問題が解消したわけでもなさそうだという見解とともに、自身の詩観について、次のように述べている。

ですから、私たちはこの「有限性」という宿命を回避しようとするのではなく、正面から引き受けなければならないのだと思います。現に存在しているというまことに自明のものであるこの奇蹟、そしてつぎにはそれが背負っている「有限性」という宿命、それを直視し、確認した上で、だからこそ、私たちは何かを語りたい、表現したいという願望を抱くのかもしれないと私は思います。すこし大袈裟なようですが、これは、ある意味で、世界にたいして、他者にたいして、私たちが試みようとする「愛の行為」だと言うことができるかもしれません。他者との、世界との関係をつくることの問題だと言えるかもしれません。（『詩と呼ばれる希望』二二一頁、清水茂、コールサック社、二〇一四）

詩作行為を、詩人が世界（世）と他者に対して関係を結ぼうとする試みであり、「愛の行為」であると語っている。彼が詩を究極的な「希望」と見る、肯定の視角がよく表れている叙述である。これはまさに、彼の詩に対する期待であり、詩と言うものがこの世に存在しなければならない理由として、信じていることでもあろう。

もう一つ覚えておくべきことは、清水詩人のこのような肯定的詩観が、漠然で単純な楽観性に基づいているのではなく、彼が序文で言及したように、あまりにも多くの葛藤や抗争があり、不幸や悲惨の絶えることのない今日の世界の中で、「有限性」という宿命を背負って生きていく人間に、希望のメッセージ、すなわち慰めと愛の発信が必要であるという、痛切な自覚からくるものであるということである。

下記の詩は、このような詩人の姿勢が、感動的に表れている作品である。

いつ果てるとも知れぬこの争い、／いつ止むとも知れぬこの殺戮、／地表に人がいて　人が土地を奪い合い／村が焼き払われ　子が連れ去られる。
自由のためにと誰かが言い／愛のためにとまた誰かが言う。／ちがう、何のためでもなく／もう村は焼かれないように／子どもは連れ去られないようにと／ひとりの母が歎きをうたう。

ただそれだけのうた、／淋しい海辺でうたわれたそのうたが／どんなふうにか風に乗って／それとも鳥の渡りに誘われて／遠い山間の小さな集落にひびき／ひとりの母が同じ歎きをうたう。
ただそれだけのうた、／それぞれにべつの言葉で／地表のいたるところの／それぞれの村で　深い夜のなかで／それぞれの辛い仕事を終えた母が／同じひとつのうたをうたう。
もう村は焼かれないように／もう子どもは連れ去られないようにと。

「いつ果てるとも知れぬ」全文

詩を希望と見ているのは、おそらく詩人たちの普遍的な視点と言えるだろう。近来、筆者の読んだ書物から見出した、下記のような文も同じく、清水詩人の「希望」の詩学と同様な観点を表しているものであって、二十一世紀現代文明の中で、詩と詩人が歩んでゆくべき旅程であろうと思われる。

詩作とは絶え間なく希望する方式のもの書きである。言い換えれば、詩が言おうとする希望は、達成されるための希望ではなく、希望それ自体で残るための希望である。希望がそこにあるから、希望する対象がまた何処かにあると信じる希望である。花を希望するということは、花をそこに咲くようにした、ある美しい命令に対する希望であり、清い水を希望するということは、水をそのように清くした、ある純潔な命令に対する希望である。詩を読み書くことは、希望を堅く保持することである。(『井戸から空を見ること』二六二頁、黄鉉産、三仁、二〇一五)

まことの詩とは、このように敗北することを予感しながらも、書かなければならない、ある運命的な情緒、道があって行くのではなく、どんな道も見えないけど、そのまま行くしかない態度とともにすることである。こうした詩の性格が、ある種の生産的な意味を持たないと、考えることもできるが、そうだとして、詩が意味のない、無用な存在であるとは言えない。仮令いま私たちには、一篇の詩が持つ可視的な成果が見えないとしても、「そのような詩は、きちんきちんと重なり積もった敗北の歴史の中で生まれて、絶えず敗者に力を与える」という事実を、認識しなければならない。(権晟雨、作品解説、『詩の力』二九〇頁、徐景植、徐恩恵訳、玄岩社、二〇一五)

その中でも清水詩人の詩にかける「希望」は、フランス文学を専攻した学者として、古今東西の詩を併合しながら、また日本の戦前と戦後を貫いてきた代表的知性として、体験的詩論に根を置いて、堅固で肉化された作品であるという点で、大きな意味を喚起しているのである。存在と時間を併合する中で、「有限性」の宿命を受容しながらも、彼は詩が持つ慰撫と治癒の力を信じる。限界を超越する肯定と希望が、否定と虚無の地平を超えて、不断に自分自身を省察する姿勢を堅持しながら、世界(世)

に向けて持続的に「人間的真実」に対する発信を続けているという点に、敬意を表さざるを得ないのである。

願わくは、この詩集が、翻訳と言う物足りない手段を通してでも、韓国の読者に広く読まれ、延いては清水詩人が「漢江と臨津江の合流点に立って」という作品で希求したように、南北だけでなく、最近悪化の一途を辿っている日韓関係に於いても、「日韓両国の人々が玄界灘を行き来しながら、互いに手を振り合う日」が来ることを期待して、終わりに、清水詩人が「詩」そのものにかけている期待（肯定と希望）を、懇切なおかつ切々たる心境で発信している、標題作「砂の上の文字」を引用することで、拙い文を締め括りたい。

清水茂詩人の引き続きの健勝・健筆とともに、日韓現代詩の交流がより活発になることを祈願する。

明るい陽射しのある砂浜。／誰か人影がひとつ、それは／男なのか、女なのか、それとも子どもなのか、／他にはもう誰もいない。

どれほどの時間が過ぎていったのか、／幾つもの地震や山津波、暴風や飢饉、／それでも　飽くことなく葛藤はつづき／都市は破壊され、殺戮は繰り返された。

たったひとつだけの人影は／棒切れを一本手にすると／砂の上に何やら文字をつづりはじめる。／文字ははてしなく続いてゆく、

回想のようにはてしなく、風のそよぎのなかで／たくさんの苦しみや悲しみが／もうそこにはいないたくさんの男や女の／悲惨な経験が想いだされて。

崩れかけた壁のかげに　それでも笑顔はなかったか。／そう　たくさんのよろこびや祝祭も／惨めさのあいだにあって　それもまた／幻のように真実ではあったのだ。

誰にももう読まれることのない詩が／いまや砂浜いっぱいに記されて／踊っている子どものように／貝殻や海藻と戯れている。

それから　波が寄せてきて／すべてを海へ返す。／

人影ひとつない明るい砂浜、／何処までか風が渡ってゆく。

「砂の上の文字」全文

【これは韓国語訳詩集『砂の上の文字』に付された詩篇の訳者權宅明氏による解説の全文であり、日本語訳も同氏による。氏への感謝を込めて、このことを記しておく。（清水茂）】

清水茂年譜

一九三二年（昭和七年）
十一月十一日、父茂樹、母ヤスの次男として東京市板橋区練馬南町に生れる。父は小学校教員。

一九三八年（昭和十三年）
板橋区立開進第三尋常小学校に入学。小学校一年の作文「あかとんぼ」が保護者会新聞に掲載される。

一九四四年（昭和十九年）
八月、戦争の激化に伴う学童疎開で、群馬県碓氷郡磯部町に赴く。

一九四五年（昭和二〇年）
三月、東京大空襲の三日前、中学への進学のため学童疎開先から帰京。この年、卒業式は行われなかった。四月、東京都立第二十中学校〔のち学制改革により、都立大泉高等学校〕に入学。五月、空襲の激化を避け、母、弟とともに、母の故郷である福岡県京都郡行橋町に移る。それとともに福岡県立豊津中学校に転校。八月、終戦を迎えるも、転入制限のために帰京が叶わず、そのまま九州にとどまる。

一九四六年（昭和二一年）
十二月、漸く帰京が叶い、都立第二十中学校に戻る。この頃から、父の蔵書を読み漁り、とりわけ西欧の文学や芸術に強い興味を覚えるようになる。同時に、散文や詩を書く日々を送り、高校に文芸部を創設する。

一九四九年（昭和二四年）
夏の朝の散歩の折に、奇妙な一瞬を経験し、自己確認のためにミスティックの傾向の書物に関心を抱き、また、詩作への決意を固める。秋に片山敏彦著『詩心の風光』（美篶書房）に出会い、この詩人に深い共感を覚える。

一九五〇年（昭和二五年）
一月末、片山敏彦宛に感想を書き送り、三日後に返信を受け取る。以来、一九六一年に片山敏彦が亡くなるまで深い交流がつづく。この年、練馬の古書店でエミール・ヴェルハーランの詩集の英訳本*The Evening Hours*を見つけて、外国語詩への興味が強まり、新宿の紀伊国屋書店でThe Penguin Poets叢書の*The Centuries' Poetry*などを入手してつぎつぎに読む。「日本ロマン・ロラン友の会」に入会。

一九五二年（昭和二七年）

早稲田大学第一文学部〔仏文専修〕に入学。第二外国語にドイツ語を選択。しかし、学校では、語学と図書館の他にはほとんど興味を持ち得なかった。同時に、アテネ・フランセ、日仏学院などにも通いはじめる。また、当時京橋に開設されたばかりのブリヂストン美術館に足繁く通い、コローやモネなど近代西欧絵画に馴染む。

一九五三年（昭和二八年）

七月、片山敏彦を中心に集まった若者たちによる詩誌「横笛」の創刊。片山敏彦、美田稔、清水茂、矢澤清、山口三夫の五名で、次号から森本達雄、さらにのちには川原節、上田秋夫らが参加、同誌にはタゴール、マルティネ、ヴィルドラックなどの詩篇も紹介された。一九五六年に第十三号をもって終刊。なおその前年九月にアンソロジー『横笛詩集・第一集』を刊行。

一九五四年（昭和二九年）

秋に*Hesse / Rolland Briefe* (Fretz & Wasmuth Verlag AG.) を読み、第一次大戦時の両者の反戦活動を通じて結ばれたその友情の深さを知り、スイス、モンタニョーラのヘッセ宛に感謝の手紙を送る。ほぼ二ヵ月後に、思いがけず返信を受け取り、以後数回に亙る文通。

一九五六年（昭和三一年）

早稲田大学大学院文学研究科に入学。学部の卒業論文に「ロマン・ロランの宗教感情」を扱ったことが契機となって、ロマン・ロランの令妹マドレーヌ・ロランとの文通がはじまる。

一九五九年（昭和三四年）

H・ヘッセ＝R・ロラン『往復書簡』（みすず書房）を片山敏彦と共訳。アポロン社刊「タゴール著作集」のために「螢」を訳出。早稲田大学文学部助手に嘱任される。

一九六〇年（昭和三五年）

安保闘争。ギリシァ詩人ニコス・カザンツァキ（カザンザキス）の夫人エレニーが来日、以後久しく彼女の知遇を得る。彼女自身すぐれた文筆家であった。E・トンヌラ他『ゲルマン・ケルトの神話』訳（みすず書房）。

一九六二年（昭和三七年）

早稲田大学文学部専任講師に嘱任される。以後、助教授、教授を経て、二〇〇三年三月に退職するまで、同校に勤務した。

一九六三年（昭和三八年）

サン＝テグジュペリ『母への手紙』訳（みすず書房）。

一九六五年（昭和四〇年）

詩集『光と風のうた』（遍歴の会）。九月、大塚須巳と結婚する。

一九六六年（昭和四一年）

長男俊誕生。

一九六八年（昭和四三年）

夏、朝日サービス企画のツアーに講師として随伴、四十二日間に、ソ連、地中海、ヨーロッパ各地を巡る旅。エルミタージュ美術館でレンブラントの《放蕩息子の帰宅》を観て、深い感銘を受ける。長女庸子誕生。

一九六九年（昭和四四年）

A・M・シュミット『象徴主義』（白水社）を窪田般彌と共訳。

一九七二年（昭和四七年）

次男耕誕生。五月、在外研究員として単身渡仏。マリ・ロマン・ロラン夫人の好意により、ロマン・ロラン研究所でロランの未公開資料の研究に取り掛かるも、娘庸子の事故死の報に接して一時帰国。ふたたび渡仏の後、十月、ディジョンでの詩人マルセル・

マルティネを記念する催しに参加。ジュネーヴで、エレニー・カザンツァキ夫人に再会。その後、ロマン・ロランの故地ヴィルヌーヴ、ヘッセの故地モンタニョーラを訪ね、十二月にはほとんど一ヵ月、イタリア各地を放浪、ルネッサンス芸術の巨匠たちに触れる。一九七三年に帰国。

一九七四年（昭和四九年）

三男桂誕生。

一九七六年（昭和五一年）

矢内原伊作、宇佐見英治両人の誘いで、文芸誌『同時代』（第二次）に参加する。同誌に最初に発表したエッセイは「樹木のある風景」。

一九七八年（昭和五三年）

カザンツァキ『石の庭』訳（読売新聞社）。特に邦訳のために、エレニー夫人から「序」を貰う。

一九七九年（昭和五四年）

個人詩誌『エウリディケ』を創刊。八〇年の第Ⅳ号をもって終刊。

一九八一年（昭和五六年）

エッセイ集『アシジの春』、滞在記『薔薇窓の下で』（いずれも、小沢書店）。カザンツァキ『アシジの貧者』訳（みすず書房）。

一九八二年（昭和五七年）

ルイ・ジレ＝ロマン・ロラン『往復書簡』訳、ヘッセ＝ロラン『岸から岸へ』訳（いずれも、みすず書房）。

一九八三年（昭和五八年）

七月、ニコス・カザンツァキ生誕百年祭に招聘されて、クレタ島イラクリオンに赴き、エレニー夫人に再会。その前後数日アテネに滞在の後、パリ、スイスに滞在。秋に帰国後、この旅の記録として『古代の墓碑に』（小沢書店）を刊行。

一九八四年（昭和五九年）

絵画に関するエッセイ集『ヴェラ・イコン』（小沢書店）。

一九八六年（昭和六一年）

評論『ロマン・ロラン　精神の蜜房』（小沢書店）。

一九八八年（昭和六三年）
評論『地下の聖堂　詩人片山敏彦』（小沢書店）。

一九八九年（平成元年）
夏の三ヵ月をパリとスイスで過し、また、レンブラントとファン・ゴッホを見るためにアムステルダムに赴き、帰途メームリンクとファン・アイクのためにベルギーに滞在の後、パリに戻る。編集・解説『片山敏彦　詩と散文』（小沢書店）を刊行。

一九九〇年（平成二年）
前年のヨーロッパ滞在の記録『サン＝ランベール界隈から』（小沢書店）を刊行。

一九九三年（平成五年）
第二次『同時代』が五八号をもって終刊。イヴ・ボヌフォワ『アルベルト・ジャコメッティ作品集（原題は「ある仕事の伝記」）』訳（リブロポート）、さらにボヌフォワ『詩集（光なしに在ったもの）』訳（小沢書店）を刊行。この二つの訳を成し遂げたことによって、急速にボヌフォワとの交流の親密さを深めることになった。詩集『影の夢』（書肆山田）刊行。

一九九四年（平成六年）
エッセイ集『花ざかりの巴旦杏』（小沢書店）。

一九九六年（平成八年）
評論集『詩とミスティック』（小沢書店）。八月末から九七年一月にかけてフランス滞在。十月、スイスのヴヴェで《ボヌフォワと画家たち》展が催されたのを機に、ジャコメッティの故郷スタンパまで赴く。十一月、アルルでボヌフォワの詩作品の翻訳者たちによる国際翻訳者会議。詩人も参加のなかでパネリストを務める。その前後数日、アヴィニョンに滞在。第三次『同時代』創刊される。

一九九八年（平成一〇年）
詩集『冬の霧』（舷燈社）。

二〇〇〇年（平成一二年）
詩集『光の眠りのなかで』（舷燈社）。ボヌフォワが〈正岡子規俳句大賞〉を受けて松山に来日。詩人の好意により未発表詩稿をも含む『イヴ・ボヌフォワ最新詩集』訳（書肆青樹社）刊行。
二〇〇一年（平成一三年）
九月、パリ、ヴェネツィアを訪れ、ヴエネツィアでニューヨークの惨劇を知り、二日後、パリでボヌフォワに会う。世界情勢如何では今後の再会も困難になるかもしれないと話し合う。
二〇〇二年（平成一四年）
詩集『愛と名づけるもの』（舷燈社）。
二〇〇三年（平成一五年）
早稲田大学を定年退職、同校名誉教授となる。五月、パリに赴き、ボヌフォワ夫妻との再会を喜び合う。
二〇〇四年（平成一六年）
詩集『昨日の雲』（舷燈社）。詩についての断想集『翳のなかの仄明り』（書肆青樹社）。
二〇〇五年（平成一七年）
画文集『雲の変容のように』（図書新聞）。
二〇〇七年（平成一九年）
六月、パリとフィレンツェに赴く。もう一度、この機会にボヌフォワ夫妻を訪ねる。詩集『新しい朝の潮騒』（舷燈社）。この詩集によって〈現代ポイエーシス賞〉受賞。
二〇〇八年（平成二〇年）
詩集『水底の寂かさ』（舷燈社）。この詩集によって翌二〇〇九年度の〈日本詩人クラブ賞〉、〈埼玉詩人賞〉受賞。
二〇〇九年（平成二一年）
六月にパリ、ルピック通りに最後のボヌフォワ夫妻訪問。
二〇一〇年（平成二二年）
L'Herne / Bonnefoy（Éditions de l'Herne）にフランス語詩Septembre 2001を発表。『パリ、記憶と回想の風景』（舷燈社）。
二〇一一年（平成二三年）
詩集『砂の上の文字』（舷燈社）、編集作業中に東日本大震災が生じたために、刊行がためらわれたが、

「あとがき」に「哀しい春」の一篇を添えて公刊した。メルヒェン『夢の歌』(舷燈社)。

二〇一二年(平成二四年)

続・日本現代詩文庫『清水茂詩集』(土曜美術社出版販売)が刊行される。また、八十歳を記念しての限定版詩選集『赤い漿果』(舷燈社)が刊行される。ストラスブール大学のミシェール・フィンク、パトリック・ヴェルリー両教授の責任編集によってボヌフォワの九十歳を祝って刊行予定の*Bonnefoy / Poésie et Dialogue*のために、東日本大震災、原発崩壊の災害にたいする詩人のやさしい心遣いを証言する一文Poésie, Cette Espéranceを寄稿する。

二〇一三年(平成二五年)

Presses Universitaires de Strasbourgから*Bonnefoy / Poésie et Dialogue*が刊行される。詩集『暮れなずむ頃』(舷燈社)。

二〇一四年(平成二六年)

評論『イヴ・ボヌフォワとともに』(舷燈社)、ボヌフォワ夫妻を最後に訪ねた折にリュシー夫人から贈られたパステル画で表紙カヴァーを飾り、それを受け取った夫妻に喜ばれた。詩論集『詩と呼ばれる希望』(コールサック社)刊行。

二〇一五年(平成二七年)

エッセイ集『遠いひびき』(舷燈社)、詩集『夕暮れの虹』(舷燈社)。

二〇一六年(平成二八年)

韓国語訳詩集『砂の上の文字』(収録詩篇数七四篇)が金南祚推薦、權宅明訳・解説で、ソウルの図書出版ダルセムから出版される。六月一日に、マティルド・ボヌフォワからイヴの口述として「シゲル、とても親しい友よ、おおいに心残りですが、私の人生はまったく唐突に終焉しますが、私はあなたのことを、スミのことを、また、あの人たちのことを想っています。死が存在しないのは彼らによってです。私はあなた方を愛しています。親しい友よ、心の底からあなた方を抱擁します。イヴ」との文面が届く。七月一日、ボヌフォワ逝去。北岡淳子氏、千木貢氏らの〈詩を語る小さなサロン〉での五十数回に亙る談話をもとに纏めたエッセイ集『私の出会った詩人たち』（舷燈社）を刊行。このエッセイ集により翌二〇一七年度の〈日本詩人クラブ詩界賞特別賞〉を受賞。

二〇一七年（平成二九年）

詩集『一面の静寂』（舷燈社）、同詩集により翌二〇一八年度の日本現代詩人会〈現代詩人賞〉を受賞。

二〇一八年（平成三〇年）

詩集『古いアルバムから』（土曜美術社出版販売）を刊行。

清水　茂詩集　　　　現代詩人文庫第16回配本

2018年12月３日　初版発行

著　者　清　水　　茂
発行者　田　村　雅　之
発行所　砂　子　屋　書　房
〒101-0047　東京都千代田区内神田3-4-7
電話　03－3256－4708
Fax　03－3256－4707
振替　00130－2－97631
http://www.sunagoya.com

装幀・倉本　修　　　　落丁本・乱丁本はお取替いたします

現代詩人文庫

（　）は解説文の筆者

①高階杞一詩集（藤富保男・山田兼士）
『さよなら』（全篇）『キリンの洗濯』（抄）他
②滝本明詩集（小川和佑・清水昶）
『たきもとめいの伝説』（全篇）
③岡田哲也詩集（佐々木幹郎・立松和平）
『白南風』（抄）『未完詩篇』他
④藤吉秀彦詩集（北川透・角谷道仁）
『にっぽん子守歌』（抄）『やさぐれ』（抄）
⑤伊藤聚詩集（三木卓・ねじめ正一）
『羽根の上を歩く』（全篇）
⑥永島卓詩集（北川透・新井豊美）
『暴徒甘受』（全篇）
⑦原子朗詩集（野中涼）
『石の賦』（全篇）他
⑧千早耿一郎詩集（金子兜太・暮尾淳）
『長江』『風の墓標』他
⑨原田道子詩集（木島始・森常治）
『うふじゅふ　ゆらぎのbeing』（全篇）他
⑩坂上清詩集（暮尾淳・渋谷直人）
『木精の道』『丘陵の道』（全篇）他
⑪八重洋一郎詩集（山田兼士・大城立裕）
『夕方村』『トポロジィー』（全篇）他
⑫田村雅之詩集（郷原宏・吉増剛造）
『鬼の耳』（全篇）『デジャビュ』（抄）他
⑬嶋博美詩集（中村不二夫・萩原朋子）
『芋焼酎を売る母』『父の国 母の国』（全篇）他
⑭神尾和寿詩集（高階杞一・鈴木東海子）
『水銀１０９』『七福神通り―歴史上の人物―』（全篇）他
⑮菊田守詩集（新川和江・伊藤桂一）
『一本のつゆくさ』『天の虫』『カフカの食事』（抄）他